D0827730

Le libraire

DU MÊME AUTEUR
Chez le même éditeur:

La bagarre, 1958
Les pédagogues, roman, 1961
Anthologie d'Albert Laberge, roman,
    1992

Gérard Bessette

Le libraire

roman

**ÉDITIONS
PIERRE TISSEYRE**
www.tisseyre.ca

155, rue Maurice
Rosemère (Québec) J7A 2S8
Téléphone : 514-335-0777 – Télécopieur : 514-335-6723
Courriel : info@edtisseyre.ca

La réimpression de cet ouvrage a été rendue possible grâce aux subventions du Conseil des Arts du Canada et du ministère des Affaires culturelles du Québec.

Nous reconnaissons l'aide financière du gouvernement du Canada par l'entremise du Programme d'aide au développement de l'industrie de l'édition (PADIÉ) pour ce projet.

Dépôt légal : 1er trimestre 1993
Bibliothèque nationale du Canada
Bibliothèque nationale du Québec

Données de catalogage avant publication (Canada)

Bessette, Gérard, 1920-2005

Le libraire : roman

Éd. originale : Paris : Julliard, [1960].

ISBN 978-2-89051-500-0

I. Titre.

PS8503.E88L5   1993   jC843'.54   C93-096058-0
PS9503.E88L5   1993
PQ3919.2.B47LS 1993

Illustration de la couverture :
John Martin

25 26 27 IM 987654321
10474

Copyright © Ottawa, Canada, 1993
Éditions Pierre Tisseyre
ISBN 978-2-89051-500-0

10 mars.

Ma première démarche en arrivant à Saint-Joachin, ç'a été de me chercher une chambre. Il ne me restait qu'une cinquantaine de dollars et je ne voulais pas coucher à l'hôtel. Une fois installé là, je me connais, j'y serais resté indéfiniment.

En descendant de l'autobus, j'étais très fatigué. Je suis entré dans le petit restaurant qui sert de terminus pour m'acheter des cigares. Comme la vendeuse me rendait ma monnaie, j'ai aperçu, sur une étagère, l'hebdomadaire local, *le Courrier de Saint-Joachin*. Je l'ai pris. Il datait de trois jours. Ça n'avait pas d'importance.

Je suis allé m'asseoir sur un des bancs de bois dans le coin du restaurant et j'ai ouvert la feuille à la section des petites annonces. On y offrait une dizaine de chambres à louer. J'ai noté les adresses dans un calepin, puis j'ai demandé à la serveuse le plan de la ville. Elle a paru surprise puis, après s'être gratté le front, elle a fouillé dans un tiroir rempli de paperasses, dont elle a finalement extrait une carte jaunie. Elle a cru nécessaire de m'avertir qu'elle datait de plusieurs années. Elle a précisé que je pourrais m'en procurer une plus récente à la *Librairie Léon*. C'était l'établissement où je devais me présenter le lendemain en qualité de commis. Je ne tenais pas à m'y rendre à l'avance. J'ai assuré la serveuse que le vieux plan ferait très bien l'affaire.

Je suis retourné m'installer dans un box à table de formica où j'ai étalé la carte de Saint-Joachin. Ce n'est pas une ville à topographie compliquée. Dans une direction nord-sud, parallèlement à la petite rivière verte qui paraît ici interrompre à dessein ses méandres, s'alignent les avenues portant presque toutes des noms de saints et coupées à angle droit par les rues, numérotées de une à vingt-huit sur la carte. Je dis: sur la carte, car je me suis aperçu que leur nombre a presque doublé depuis la publication de ce plan en 1936. Ça n'a d'ailleurs aucune importance, pour moi. La Librairie Léon, je le savais, se trouve située à peu près au centre, dans la quatorzième rue. Comme je déteste les déplacements, je désirais me loger le plus près possible de mon travail.

Des onze chambres annoncées, deux étaient pour femmes seulement, six pour hommes et trois pour les deux sexes. Parmi celles qui, théoriquement, m'étaient ouvertes, je réussis à en localiser six sur la carte. Un instant, je songeai à établir un itinéraire pour chaque catégorie: hommes et deux sexes; mais cette façon de procéder aurait quasi doublé mon parcours. J'y renonçai.

Une fois mon itinéraire arrêté, j'ai laissé ma valise à la consigne et j'ai offert de payer la carte dont je m'étais servi. La serveuse m'a dit de la garder. Elle n'en avait pas besoin. Sauf les commis-voyageurs ou les parents des Joachinois, très peu d'étrangers visitaient la ville. Je faisais exception. Je venais sans doute pour affaire? — D'habitude je ne réponds pas à ce genre de questions; mais, comme la serveuse s'était montrée aimable, je lui déclarai que, en un sens, on pouvait dire que je venais pour affaire, pourvue que l'on prît affaire au sens large. Elle ne sembla pas bien saisir ma réponse et hocha la tête d'un air perplexe.

Aux deux premières maisons où je sonnai, on me déclara que les chambres étaient déjà louées. C'était probablement vrai. Je dis: probablement, car il n'est pas impossible qu'on m'ait refusé à cause de mon apparence, de mes vêtements surtout. Mon feutre, que je soulevais pourtant dès qu'on ouvrait la porte, présente des bosselures insolites et une raie graisseuse qui ne sauraient échapper à un œil perspicace. Les manches de mon paletot s'éliment et mon foulard n'est pas de la dernière propreté. Quant à ma figure, j'en ai vu de plus laides, mais elle est pâle, affaissée, avec des rides profondes le long des joues. Mais enfin, je suis présentable, et je m'explique avec une certaine facilité. La preuve, c'est qu'aux deux adresses suivantes, on était prêt à m'accepter. C'est moi qui ai refusé. Pas tellement à cause des chambres que des matrones qui ont essayé de me tirer les vers du nez.

Je ne regrette pas mon refus. La chambre que j'occupe me satisfait pleinement. Elle n'est pas grande, mais quelle importance? Elle a onze pieds sur huit et demi exactement. Je l'ai mesurée un soir que je n'avais rien à faire, je veux dire avant d'avoir adopté ma routine actuelle. En réalité, je n'ai jamais rien à faire le soir.

Il s'agit de tuer le temps. Ce n'est pas facile, attendu que je me sens trop fatigué pour me promener après mon travail.

Quand on peut marcher à volonté, il y a toujours moyen de se tirer d'affaire, même dans une petite ville comme Saint-Joachin. On déambule le long des rues principales: on regarde les étalages, les promeneurs. On se rend à la gare ou au terminus à l'heure des départs et des arrivées. On s'y assied pour écouter bavarder les gens, etc. Mais quand on est trop las pour marcher loin et qu'on est sûr de ne pouvoir s'endormir qu'aux petites heures du matin, alors tuer le temps devient un problème sérieux.

Voilà pourquoi le soir, après une petite promenade digestive, je finis toujours par échouer à la taverne. Ce n'est pas une solution idéale, je le sais bien. Mais je ne peux supporter de m'enfermer dans l'un des trois cinémas de Saint-Joachin, des salles infectes dont deux n'ont que des banquettes de bois et dont la troisième est insuffisamment chauffée. D'autre part, je n'aime pas rester seul dans ma chambre. Je ne lis plus depuis assez longtemps. Quant à la musique, il me faudrait acheter un poste de T.S.F. et je ne suis pas sûr que ça me plairait. Non, définitivement, c'est la taverne qui me convient le mieux.

En plus de celle de l'hôtel, contiguë à une salle de danse bruyante qui me donne la migraine, il y a trois buvettes à Saint-

Joachin. Elles se valent, plus ou moins. Si, à la suite de quelques tâtonnements, j'ai adopté *Chez Trefflé*, c'est que cet établissement se trouve à une dizaine de minutes de marche de la librairie Léon et de ma chambre, dans un quartier excentrique où je ne risque pas de rencontrer mes clients. Les habitués sont surtout des ouvriers, parfois assez tapageurs (surtout les vendredi et samedi soirs), mais ils me laissent tranquille.

Je m'installe d'ordinaire dans un coin, contre une bouche d'air chaud, près des latrines. Il y flotte naturellement une odeur douteuse quand la porte s'ouvre; mais c'est l'endroit le plus chaud et celui qui me demande le moins de déplacement quand je dois aller me soulager. D'ailleurs je commence à m'habituer à cette odeur. Je fume un peu plus de cigares, voilà tout. En somme je ne me plains pas de ces séances à la taverne.

Le seul inconvénient sérieux, c'est que mon organisme supporte difficilement la bière. Je m'explique: ce n'est pas l'absorption qui me gêne, mais l'élimination. À partir du septième ou huitième bock, j'éprouve des brûlements dans la vessie. Pendant quelques jours, j'ai cru vraiment qu'il me faudrait renoncer à la bière. Mais, en parcourant le journal, j'ai découvert l'annonce pour passer le temps

d'un sel anti-acide vraiment remarquable, le sel *Safe-All*. J'en ai acheté une bouteille. Une bonne dose entre le troisième et le cinquième verre, et mon malaise se limite à un échauffement fort bénin.

À première vue, il pourrait sembler plus simple de ne pas boire ou de boire moins. Car je ne suis nullement alcoolique. Avant de m'installer ici, je buvais en somme très peu, sauf quand j'assistais à des réunions d'anciens confrères. Elles n'avaient lieu heureusement qu'une fois par année. Peu importe. Je n'ai pas commencé ce journal pour ressasser des souvenirs. Je l'ai entrepris pour tuer le temps le dimanche quand les tavernes sont fermées... Mais j'étais en train d'expliquer le pourquoi de mes ingurgitations. Pour être juste, il me faut reconnaître que les garçons de *Chez Trefflé* n'y sont pour rien. Ils ne poussent pas à la consommation. Ils viennent chercher mon verre quand il est vide, mais ne me demandent jamais si j'en veux un autre. Je ne dis pas qu'ils agissent ainsi par altruisme. N'empêche que c'est moi qui, de mon plein gré, lève le doigt quand mon bock est terminé. Alors le garçon vient déposer deux autres verres devant moi. Je lui donne vingt-cinq cents (vingt pour la bière, cinq comme pourboire) et il s'en va après m'avoir remercié. C'est en partie la

répétition tout au long du livre.

métaphore,

discrétion du personnel qui m'a fait adopter *Chez Trefflé* plutôt que *Le Baril* ou *Le Bon Buveur*.

En apparence, nulle pression extérieure ne s'exerce donc sur moi. Toutefois, il faut tenir compte des circonstances. J'occupe toujours une table à moi seul. J'ai averti les garçons que je voulais la paix. De plus, il ne faut pas oublier que je passe en moyenne sept heures par jour *Chez Trefflé*. Cela crée tout de même une certaine obligation morale de consommer raisonnablement.

De toute façon, j'en suis arrivé à une moyenne de vingt bocks par soirée sans autre malaise que celui ci-dessus mentionné. Naturellement, je n'ai pas atteint cette quantité le premier soir. Parti de six ou huit verres, j'ai mis trois semaines pour grimper progressivement au niveau actuel.

Mais en voilà assez là-dessus. Tous les raisonnements ne changent rien à l'affaire. Passons aux circonstances qui m'ont conduit à Saint-Joachin. Ou plutôt non. Pas aujourd'hui. Il se fait tard et j'ai le bras fatigué.

17 mars.

Je commence donc par le commencement. Au début de février, comme je me trouvais sans emploi depuis près de deux mois et qu'il ne me restait que cinquante dollars en poche, j'ai décidé de chercher du travail. Je me suis rendu au bureau de placement gouvernemental et j'ai jeté un coup d'œil au tableau d'embauchage. On demandait plusieurs bûcherons, des commis-voyageurs, deux mécaniciens, trois tourneurs, une demi-douzaine de comptables, des laveurs de vaisselle et des manœuvres. Bref, rien de bien tentant. J'ai demandé à un chômeur qui se trouvait là si c'était tout. Il m'a dit que non: on avait d'autres listes dans les bureaux. L'espace manquait pour les afficher toutes. Il m'a demandé ensuite si j'avais ma carte. C'était la première fois que j'en entendais parler. Il s'agit d'un petit certificat émis par le bureau de placement et

15

attestant que le postulant n'a pas de dossier criminel et cherche «de bonne foi» du travail. La tournure me parut ridicule. Je ne concevais pas qu'on pût chercher du travail «de mauvaise foi». C'était de ma part un manque d'expérience. Le type m'a expliqué que bien des sans-travail se présentent au bureau dans l'unique but de toucher leur assurance-chômage et s'arrangent pour refuser les emplois qu'on leur offre. Je trouvai le procédé ingénieux et regrettai de ne pouvoir l'utiliser. Malheureusement, en ma qualité de répétiteur au collège Saint-Étienne, «institution de charité», je n'étais pas protégé par l'assurance-chômage.

De toute façon, pour obtenir ma carte, il me fallait subir une interview. Cette perspective ne m'enthousiasmait pas. Mais, comme j'étais plutôt fatigué, je me suis assis sur la banquette près du type; et j'ai attendu. Au moins une quinzaine de sans-travail nous précédaient. On les appelait à tour de rôle, et alors nous glissions nos fonds de culotte le long du siège de bois poli par l'usure. Le type ne parlait plus. Il semblait nerveux. Il craignait de ne pouvoir faire estampiller sa carte. Je me souviens que j'ai allumé un cigare et tiré quelques bouffées; puis je me suis endormi.

Au bout de quelques minutes, un coup de coude de mon voisin m'a fait sursauter.

J'ai ouvert les yeux. Je pensais que l'on m'appelait déjà pour l'interview et je trouvais que je n'avais pas attendu longtemps. Mais je me trompais. En levant la tête, j'ai vu un gros type en complet bleu marine qui se tenait devant moi la main tendue.

— Comment ça va, Hervé? me demanda-t-il. On ne te voit plus. Qu'est-ce que tu deviens? Toujours dans l'enseignement?

Je reconnus Martin Nault, un ancien condisciple. C'était jouer de malchance. Avec son menton en galoche et sa trogne de boxeur, Nault m'avait toujours paru repoussant. Je fis mine de ne pas voir sa main tendue et lui répondis avec indifférence que je n'étais plus dans l'enseignement.

— En effet! fit Nault en se grattant le menton. Je me souviens maintenant. Qui est-ce qui m'a dit ça?... Ah! Oui, c'est Massé. Il s'est rendu au collège pour te voir et tu n'étais plus là...

Que Nault fût au courant ne me surprenait pas. C'est le genre de crétin qui s'attache aux potins de classe et aux souvenirs d'*alma mater* comme certains «campagnards» aux nouvelles de cousins du huitième degré qu'ils ne connaissent même pas. Un autre chômeur venait d'être appelé et je me glissai d'une place sur le banc sans m'occuper de Nault. Mais

★ Vocabulaire dépressiatif.

17

Caractéristiques du personnage

* voc. dépassif

il ne se décontenança pas pour si peu. Il faut dire aussi que, chez mes confrères, on m'a toujours pris pour un excentrique, un cynique. Si bien que je peux leur faire les pires impolitesses sans qu'ils s'en formalisent. Il fut un temps où je prenais plaisir à forcer mon personnage, car il est agréable de pouvoir injurier impunément les gens. Mais ça offre aussi des inconvénients, par exemple quand on veut se débarrasser d'un emmerdeur. Jamais je ne m'en rendis mieux compte qu'à cette minute où, bedonnant et fessu, la figure épanouie, Nault m'examinait avec condescendance, avec gourmandise, dans l'espoir que je lui raconterais mes déboires.

— Qu'est-ce que tu fais ici? me redemanda-t-il en voyant que je n'ouvrais pas la bouche.

Je rallumai posément mon cigare; puis je lui déclarai que le décor me plaisait, que c'était sympathique et luxueux.

En fait ce bureau de placement occupe des locaux sordides. Murs gris, crasseux, carreaux salis d'une couche de suie, parquets recouverts d'un linoléum échancré, ça fait penser à la salle d'attente d'une gare de province.

Nault éclata d'un rire gras, sonore. Ma réponse ne l'avait même pas piqué. Il me

Sarcasme

18

mit la main sur l'épaule, une grosse main boisée d'une toison noire. *métaphore + voc. dépressiatif.*

— Viens donc à mon bureau, dit-il. Nous serons plus tranquilles pour causer.

Je le suivis, je ne sais trop pourquoi, ou plutôt je m'en doute: depuis l'apparition de Nault, mon voisin me poussait du coude et s'éclaircissait la voix pour attirer mon attention; il voulait que je le présente. Nault, je l'ai appris quelques minutes plus tard, est surintendant-adjoint de ce bureau. Mais le chômeur pouvait toujours se démerder tout seul. Je préférais encore une entrevue avec Nault.

À peine installé dans son bureau, dont je constatai avec satisfaction qu'il était à peine moins terne que la salle d'attente, Nault reprit son interrogatoire:

— Comme ça, tu as laissé tomber les bons pères de Saint-Étienne? Qu'est-ce que tu fais maintenant?

Il frottait l'une contre l'autre ses grosses mains velues, un sourire vorace aux lèvres. Il savourait d'avance le plaisir qu'il aurait à raconter mes ennuis à nos anciens condisciples. Je lui déclarai donc que j'étais présentement recteur de l'université, mais que je songeais sérieusement à changer de poste, vu que mes secrétaires, vieilles filles constipées, ne me laissaient pas tripoter les

19

étudiantes aussi méticuleusement que je l'eusse souhaité. Nault se tordit de rire à cette réponse stupide. Voilà le genre «d'esprit» qui m'a valu ma réputation auprès de mes condisciples.

— Et qu'est-ce que tu envisages comme situation? me demanda Nault, sa crise d'hilarité passée.

Je lui répondis que ça m'était égal pourvu qu'il n'y eût rien à faire.

Après un nouvel esclaffement, Nault se mit à se frotter le menton, l'air perplexe. Il voulait m'aider, c'était évident, mais sans nuire à son prestige. Je ne le blâme pas d'avoir nourri des doutes sur mes aptitudes à obtenir un job. Mes vêtements ni mes manières ne sont de nature à inspirer confiance à un employeur. Je n'ai pas eu, comme on dit, l'occasion de renouveler ma garde-robe depuis longtemps. Comme «pédagogue», on s'était habitué à me voir toujours les mêmes hardes sur le dos et on ne faisait plus d'observations. On se contentait de me payer un salaire de famine et de me laisser croupir dans les basses classes.

Tout à coup, la binette de Nault s'illumina. Il fit claquer ses doigts boudinés en geste triomphal.

— Tu aimes toujours les livres? me demanda-t-il.

20

Esquissant une moue d'indifférence, je lui déclarai que les livres brûlaient moins longtemps que le charbon, mais que, faute d'autre combustible, il m'arrivait de m'en servir.

Le rire de Nault se déclencha de nouveau; puis, soudain, il prit son masque sérieux de surintendant-adjoint.

— Écoute, fit-il, je connais un type, un libraire, qui cherche quelqu'un... Je ne sais pas si ça t'intéresserait?... (Il consulta un petit fichier.) Le seul inconvénient, c'est que c'est un peu loin de Montréal, à Saint-Joachin...

○

Inutile de décrire plus longtemps cette interview d'opéra-comique. J'ai accepté l'offre de Nault. Saint-Joachin ou ailleurs, je m'en balançais. Nault a immédiatement téléphoné à Léon Chicoine pour l'avertir qu'il lui envoyait «quelqu'un de bien qui s'y connaissait question bouquins». Je ne savais pas alors que Léon Chicoine était un vieil ami de Nault, ni que Nault lui avait autrefois, durant la crise économique, prêté quelques milliers de dollars pour renflouer ses affaires.

Si je l'avais su, je n'aurais peut-être pas accepté. Je dis: peut-être, car en somme je n'en sais rien. Peu importe. Je suis ici: j'y resterai aussi longtemps que ça ira. Je ne me sens guère le goût de me déplacer encore une fois. Et puis, il me tarde de voir comment va finir ma petite aventure sur les livres «à ne pas mettre entre toutes les mains», selon l'expression de Léon Chicoine...

Mais procédons par ordre: d'abord le cadre... Ce sera d'ailleurs pour la semaine prochaine.

24 mars.

La Librairie Léon — livres, papeterie, articles religieux, jouets — se compose d'une pièce toute en longueur aux murs couverts de rayonnages, et d'une arrière-boutique poussiéreuse qui sert de bureau au patron. À gauche de ce bureau, une porte toujours cadenassée et que j'avais crue d'abord condamnée ouvre sur un énorme placard. M. Léon l'appelle son *capharnaüm*, peut-être en souvenir d'Homais. J'y reviendrai.

La boutique proprement dite se divise en quatre rayons. À gauche, en entrant, articles religieux: chapelets, médailles, livres de piété, etc. Au fond, même côté, joujoux et cartes de souhaits. À droite, près de la porte, papeterie, crayons, stylos, cahiers, etc. Enfin, «mon» rayon, qui fait face à celui des jouets et qui contient les «livres profanes».

À vrai dire, ces «sections» ne se différencient que par leur contenu; aucune cloison

23

ne les sépare. Le rayonnage le long des murs est continu. Toutefois, les quatre comptoirs très étroits, en chêne vernissé qui s'étirent de chaque côté de la pièce marquent plus ou moins les frontières des rayons. Celui des livres profanes, «aux destinées duquel je préside» comme me l'a expliqué M. Chicoine, est le plus confortable des quatre. Loin de la porte d'entrée, il possède le double avantage de se trouver à l'abri des courants d'air et d'attirer moins de clients que les autres.

C'est le rayon des articles religieux, confié aux soins de Mlle Galarneau, une vieille fille ratatinée aux lèvres en cul de poule, qui a le plus gros chiffre d'affaires. Mais Mlle Placide (jouets) soutient que son rayon à elle fait plus de profits, attendu que les articles de piété, achetés en grande partie par des communautés religieuses qui bénéficient d'un rabais substantiel, accusent une marge de profit plutôt mince. Sur le rayon-papeterie, je possède assez peu de précisions. Mlle Morin, qui en a la charge, est une petite personne sèche et osseuse d'une taciturnité remarquable. Tant mieux. Son laconisme freine un peu le bagout des deux autres vieilles filles — Mlle Galarneau (piété) et Mlle Placide (jouets) sans, hélas, les museler complètement. De plus, chance insigne, Mlle Galarneau (piété) et Mlle Placide (jouets) sont «en froid» depuis je ne sais quand et ne s'adressent jamais la parole «qu'à titre officiel» ou en présence du sieur Léon Chicoine, notre patron.

Comme ma taciturnité ne le cède en rien à celle de Mlle Morin (papeterie), je passe chaque jour huit heures de paix relative en présence des trois vieilles filles. Je dis: relative, car il me faut tout de même émettre de temps à autre un grognement en réponse aux interpellations de Mlles Galarneau (piété) et Placide (joujoux).

Mlle Galarneau, d'ailleurs, ne m'a pas, comme on dit, à la bonne. Il paraît que son frère, facteur rural et grand dévoreur de romans-feuilletons, convoitait mon poste, comme Mlle Placide (jouets) s'est empressée de me l'apprendre le matin même de mon arrivée. De ce fait, Mlle Placide, ennemie de Mlle Galarneau, se considérait comme mon alliée naturelle. Son enthousiasme s'est refroidi depuis. Un jour elle a voulu que je l'aide à placer des jouets. J'ai répondu que ce n'était pas mes oignons. Ça l'a froissée. Je n'y peux rien. Qu'elle se débrouille. Ce n'est pas sa bouderie qui m'empêche de dormir...

Bref, je serais assez satisfait de mon entourage diurne s'il n'y avait pas les clients.

Et quels clients! Les Joachinois sont des gaillards aux poumons solides. On jurerait qu'ils s'adressent à des sourds. Les campagnards surtout. Car il en vient de la campagne quelquefois pour acheter des statues ou des chapelets. Est-ce l'habitude de parler aux bêtes ou simple stupidité? — Je l'ignore et n'ai pas réfléchi à la question. Les entendre me suffit.

Mes clients à moi, tout Joachinois qu'ils soient, sont en général plus évolués, moins tonitruants. Si bien que je réussis tout de même à roupiller quelques heures par jour.

Quant à Léon Chicoine, il me paraît jusqu'à présent assez bon diable. Chiche, si l'on veut (je gagne $40 par semaine), sentencieux, prétentieux, grandiloquent et plutôt hypocrite, mais bon diable quand même et moins imbécile qu'on serait tenté de le croire au premier abord.

Il possède surtout la grande qualité de n'être presque jamais là. Il arrive d'ordinaire à la librairie vers cinq heures moins le quart pour compter les recettes de la journée et les déposer dans le petit coffre-fort de son bureau. Il est incontestable qu'il a su organiser son commerce. Comme conscience, honnêteté, intérêt dans les affaires, affabilité envers le client, son personnel (moi excepté, bien entendu) est sans reproche. Moi-même d'ailleurs, je m'en rends compte à présent, M. Chicoine ne m'a pas engagé par simple amitié pour Nault; il avait en m'acceptant une idée derrière la tête. J'y reviendrai.

Les trois vieilles filles en tout cas manifestent un esprit d'émulation exceptionnel. C'est à qui aura le rayon le mieux tenu, l'étalage le plus attrayant, la plus nombreuse clientèle, etc. J'ignore par quel procédé M. Chicoine a pu les dresser de la sorte. Il n'est pourtant pas homme à prodiguer les compliments, ni d'ailleurs les reproches. Il lui suffit d'un signe de tête approbateur, d'un froncement de sourcils pour que les trois vieilles filles — même la taciturne Mlle Morin (papeterie) — rougissent de plaisir ou de désappointement. C'est plutôt emmerdant pour moi. Ça m'oblige à tenir mon rayon, je ne dirai pas en ordre — ce serait exagéré — mais dans une confusion ne dépassant pas certaines limites. D'ailleurs M. Chicoine s'est montré jusqu'ici assez chic à ce sujet. Il m'a dit une fois en replaçant un bouquin:

— Je ne crois pas que les livres doivent être rangés aussi méticuleusement que des objets de piété. Autrement, n'est-ce pas, ça pourrait effaroucher les clients. Ils auraient peur de bouquiner, de déranger l'ordonnance... Évidemment il ne faut pas non plus tomber dans l'excès contraire. Les clients doivent pouvoir trouver ce qu'ils cherchent. Qu'en pensez-vous, M. Jodoin?

Voilà ce qu'il m'a dit. J'ai eu envie de répondre que, pour le genre de clients que nous avions, ça ne valait pas la peine de s'éreinter. Mais j'ai jugé plus prudent de hocher la tête sans commentaires.

L'unique rôle de M. Chicoine — en plus de rafler quotidiennement les tiroirs-caisses — consiste à déterminer l'achat de nouvelles marchandises. Pour les articles déjà en vente et dont le stock baisse ou est épuisé, chacun de nous doit remettre au patron une liste hebdomadaire complète. Ça aussi, c'est emmerdant, mais comment l'éviter quand on veut maintenir un commerce?

De Léon Chicoine donc, je ne me plains pas, ou très peu. Les chalands, c'est une autre histoire. Tout d'abord, ils ont le tort d'être plusieurs, tandis que lui, le patron, est seul. De cela, en toute justice, il est difficile de blâmer les clients individuellement. Ça représente toutefois un désavantage initial insurmontable. Je serais pourtant prêt à passer l'éponge là-dessus. La preuve, c'est que certains clients ne me portent pas sur les nerfs. Quand ils savent ce qu'ils veulent et le disent tout de suite, je le leur donne, je prends leur argent, je le mets dans le tiroir-caisse, puis je me rassieds; ou bien je leur dis que nous ne l'avons pas. Là-dessus, rien à redire. Même quand des bouquineurs traînassent le long des rayons, ouvrent et ferment tranquillement des livres — pourvu qu'ils restent silencieux, je ne m'y oppose pas non plus. Je me contente de ne pas les regarder — ce qui est facile grâce à une grande visière opaque que je me rabats sur le nez. Je me dis qu'ils finiront bien par fixer leur choix ou ficheront le camp sans m'adresser la parole.

Mais ceux que je peux difficilement supporter, ce sont les crampons qui s'imaginent que je suis là pour leur donner des renseignements, des consultations littéraires. Seule la pensée que je serai obligé de déménager si je les rudoie trop m'empêche de les foutre à la porte. «Que pensez-vous de tel auteur? Avez-vous lu tel livre? Ce roman contient-il assez d'amour? Croyez-vous que celui-ci soit plus intéressant que celui-là?» À ces dégoûtants questionneurs, malgré l'effort plutôt vigoureux que l'opération exige, je serais tenté de mettre mon pied au cul. Mais je ne peux m'y risquer. Je dois me contenter de leur passer les livres que je crois le moins susceptibles de les intéresser. Cela requiert de ma part une concentration d'esprit qui me fatigue, mais on n'a rien sans peine. En effet, je ne peux leur suggérer des titres sans avoir une idée de leurs goûts; et il me faut, pour cela, leur poser quelques questions. Je me console en me disant que mes efforts sont un gage de tranquillité pour l'avenir. De fait, rares sont ceux qui récidivent. Certains, il est vrai, reviennent à la charge quelques jours plus tard en déclarant qu'ils ont trouvé le livre ennuyeux. Je leur demande alors des précisions sur les parties qui leur ont paru particulièrement somnifères ou scandalisantes et je leur refile un second bouquin aussi semblable au premier que possible. Le plus tordant, c'est que cette méthode m'a permis d'écouler un tas de rossignols poussiéreux qui croupissaient sur les étagères depuis des années et que M. Chicoine m'en a félicité. C'est ce qu'on appelle faire d'une pierre deux coups.

Il y a toutefois une cliente chez qui le truc a raté, une Mlle Anasthasie Lessort, laquelle garde, paraît-il, un vieux père impotent. Elle m'a demandé un roman «qui vous remonte, vous savez, qui donne de l'optimisme». Je lui ai passé *Jésus-la-Caille*. Le titre lui inspirait confiance. Elle l'a accepté sans difficulté, s'imaginant peut-être qu'il s'agissait d'une vie du Christ... Eh bien, trois jours plus tard, elle a rappliqué en me remerciant! Avant d'avoir lu ce livre, elle trouvait sa vie «inutile, fade, pleine de tracas, d'imperfections, vous savez». Maintenant elle se sentait quasi heureuse. Elle rendait grâce à Dieu de l'avoir fait naître à Saint-Joachin au lieu de Paris et elle priait pour les misérables du genre de Jésus-la-Caille. Certains passages lui avaient toutefois échappé, «avec l'argot et tout, vous savez». Ne pouvais-je pas l'éclairer un peu? — Ça m'a donné, comme on dit, un rude coup. Je lui ai déclaré que l'argot n'était pas mon fort. Elle m'a quand même prié de lui suggérer un autre volume. Sur le coup, j'ai été tenté de refuser. Puis, me ravisant, j'ai saisi le volume le plus épais qui m'est tombé sous la main en lui affirmant qu'elle le trouverait de première force. Elle a dû s'y embourber car je ne l'ai pas revue depuis deux semaines. À moins que son vieux père ne soit en train d'agoniser. En tout cas c'est autant de pris.

Mais je m'arrête. Il m'est assez pénible de subir la présence de mes clients sans ruminer leur idiosyncrasie quand ils ne sont pas là. Il faut que je sois singulièrement désœuvré pour décrire de pareilles insignifiances. Mais qu'y faire? C'est ça ou rien. Je n'ai pas d'imagination. Je ne saurais rien inventer. Quant à ma vie passée, j'aime mieux l'oublier. Il ne me reste donc que le

31

présent. Et, après tout, parler de mes clients ou d'autre chose, c'est du pareil au même. Pourvu qu'ils soient absents, c'est le principal.

D'ailleurs, il ne faudrait pas croire que la clientèle afflue dans ma section. J'ai même cru remarquer une certaine baisse depuis mon arrivée. Espérons que ça va continuer. L'embêtant, c'est que Léon Chicoine possède la seule librairie de quelque importance à Saint-Joachin. Les pharmacies et restaurants étalent bien ici comme partout leurs collections de livres de poche, mais c'est tout.

Quand il n'y a pas de chalands dans ma section et que mes rayons sont pleins, c'est le bon temps. Je m'installe sur un tabouret derrière le comptoir, les mains au menton, la visière rabaissée sur le nez, et je ne fais rien. J'attends l'heure de la fermeture, cinq heures et demie. Il est étonnant comme le temps passe vite quand on ne fait rien. Pourvu qu'on ne soit pas libre. Je veux dire: pourvu qu'un «devoir» vous force à rester en place. Autrement, ça ne tient plus. Ainsi moi, si je n'étais pas obligé de travailler à la librairie Léon pour gagner ma vie et qu'on me demandât de passer des heures d'affilée perché sur un tabouret, j'en serais complètement incapable.

32

Quand je dis que je ne fais rien, je veux dire que je ne bouge pas. Car, en un sens, je pense. Certaines visions me flottent dans le cerveau. Ça, on n'y peut rien. C'est la nature.

En voilà assez. Passons à un sujet plus important: le *capharnaüm*. J'ai déjà indiqué, je pense, que le placard ainsi pompeusement baptisé par le sieur Chicoine se dérobe derrière une porte apparemment condamnée de l'arrière-boutique. De l'extérieur on ne se doute de rien. Mais en réalité, ce pseudo-placard est une pièce d'environ six pieds carrés qui empiète certainement sur l'édifice voisin. Mais procédons par ordre... Ce sera pour dimanche prochain.

métaphore

31 mars.

Il y a trois semaines j'ignorais jusqu'à l'existence de cette chambre noire. Je ne sais même pas si j'en avais remarqué la massive porte de chêne avec son gros cadenas. Je ne suis pas d'un naturel curieux. Quant à mes dons d'observation, je les estime à peu près nuls. Peu importe. Durant la quinzaine qui précéda la «révélation du capharnaüm» — maintenant que j'y repense — je me rends compte que M. Chicoine a mené «sa petite enquête sur mes convictions». C'est l'expression même dont il s'est servi quand il a décidé de me «parler sérieusement»...

Un soir, vers cinq heures et demie, après le départ des vieilles filles, Léon Chicoine a jugé que «le temps était venu». Il m'a prié poliment de le suivre dans son bureau. Là, après m'avoir félicité de l'efficacité de mon travail (il pensait peut-être encore aux rossignols que j'avais réussi à refiler aux clients), il m'a demandé si je trouvais notre collection de volumes assez fournie. Je lui ai répondu qu'il connaissait mieux que moi les besoins de sa clientèle et que je n'avais par conséquent pas d'opinion à ce sujet.

— Mais ne remarquez-vous pas l'absence de certains ouvrages, de certains auteurs... importants, monsieur Jodoin?

La question à vrai dire me surprit. Léon Chicoine n'est pas le type à vous retenir dans son bureau pour causer littérature. J'opinai néanmoins que, sauf erreur, certaines librairies montréalaises où j'avais bouquiné autrefois possédaient un stock plus considérable que le sien. M. Chicoine parut fort satisfait de cette réponse. Après un signe de tête approbateur, il tira un trousseau de clefs de sa poche, ouvrit un tiroir et déposa sur le bureau un flacon de scotch et deux verres.

— Vous accepterez bien de trinquer avec moi avant de partir? m'a-t-il demandé.

Je lui ai dit que ce n'était pas de refus.

— Je sais que vous préférez la bière, a-t-il ajouté en versant, mais je ne peux en garder ici. Elle deviendrait tiède et la bière tiède, n'est-ce pas, ça manque de saveur?

Je corroborai son opinion en affirmant que, en effet, la bière froide avait meilleur goût que la chaude. M. Chicoine approuva du chef et vida son verre d'un trait. Je fis de même. Il versa de nouveau, puis dit:

— Ma collection de livres est sans doute moins complète que celles de certaines librairies de Montréal comme vous dites, mais elle n'est pas si insignifiante qu'on pourrait se l'imaginer...

Je lui précisai que je n'avais jamais affirmé que sa collection fût insignifiante; que tout était d'ailleurs relatif, et que la seule opinion que je pouvais émettre — puisque je n'avais pas examiné en détail son stock de livres — c'est qu'il était rarement arrivé au cours de mes trois semaines d'emploi qu'un client demandât un volume qui ne fût pas sur les rayons.

— Dans ces cas-là, avez-vous remarqué de quelle sorte de livres il s'agissait? me demanda-t-il.

Je lui avouai que non, mais j'ajoutai que, s'il voulait bien patienter quelques secondes, j'avais conservé la liste de ces demandes dans mon tiroir-caisse.

D'un geste de la main, il m'indiqua que c'était inutile, pendant que de l'autre il remplissait nos verres pour la troisième fois.

Son teint cireux commençait à rosir et son œil prenait de l'éclat.

— Monsieur Jodoin, reprit-il solennellement, même sans consulter cette liste, je parierais deux contre un que, dans la plupart des cas, il s'agissait de livres à ne pas mettre entre toutes les mains.

Je lui répondis que c'était possible. Me rappelant toutefois *Jésus-la-Caille*, que j'avais passé à Mlle Lessort et dont nous avions encore des exemplaires en magasin, j'en fis la remarque à M. Chicoine, histoire de lui prouver que je suivais la conversation.

— Carco, me rétorqua-t-il, n'est pas à l'index. Il n'est mentionné ni dans Sagehomme ni dans Bethléem... Il est vrai que les éditions que j'ai sont plutôt vieilles...

Il s'interrompit pour planter ses regards dans les miens. Il s'attendait sans doute à une réaction révélatrice. Mais comme ce renseignement ne m'intéressait en rien, je me contentai de prendre une nouvelle gorgée de scotch. C'était du bon.

— Un client vous a-t-il adressé des objections au sujet de *Jésus-la-Caille*?

Je fis signe que non.

— Alors vous n'avez pas à vous en préoccuper.

Je lui dis qu'il pouvait être tranquille, que c'était là le moindre de mes soucis.

— Aussi longtemps que les clients ne disent rien, renchérit-il, je ne pense pas qu'il soit de mon devoir de surveiller leurs lectures. Le livre est un produit commercial comme les autres.

Je donnai dans son sens. Il parut satisfait, vida son verre, se leva pour aller faire couler le robinet dans le coin et revint avec une carafe d'eau. Il en avala une lampée, puis se lança dans une explication filandreuse sur la nature «quand même particulière et délicate» du commerce du livre comparé à celui des autres marchandises. Il fallait tenir compte des circonstances sociales, du milieu psychologique où l'on évoluait. Comme ces «facteurs», ces «impondérables» avaient une influence directe sur la loi de l'offre et de la demande, ne seyait-il pas de les étudier au même titre? La morale elle-même n'avait-elle pas voix au chapitre en pareille conjoncture?... Sans aucun doute! Mais, d'autre part (ici M. Chicoine dressait un mince index), pour des hommes à principes comme nous, pour des esprits «intensément partisans de la liberté de pensée», n'était-il pas également impératif de laisser au choix individuel la plus grande latitude possible? Qu'est-ce que j'en pensais?

À vrai dire, je n'en pensais rien et je n'avais écouté son laïus que d'une oreille.

Jadis, durant mes années de collège, j'ai naturellement ergoté, comme tout le monde, sur les rapports de la morale et de la littérature. Il faut bien que jeunesse se passe. Mais aujourd'hui pareilles discussions m'assomment.

Je concevais mal que M. Chicoine, qui m'avait toujours semblé réaliste, peu enclin aux spéculations, voulût amorcer avec moi ces chinoiseries. D'ailleurs, comme je l'ai dit, l'ayant assez peu écouté, je ne savais trop où il voulait en venir. Je n'en saisissais pas moins que, d'une façon ou d'une autre, il avait besoin de mon aide.

— Qu'est-ce que vous en pensez? me redemanda-t-il comme à bout de souffle.

J'aurais pu réclamer des précisions. Il se serait enferré, pour sûr. Mais à quoi bon? Je répondis qu'il avait raison.

Léon Chicoine frotta l'une contre l'autre ses longues mains osseuses.

— Je suis enchanté de vous l'entendre dire! s'exclama-t-il. Je savais bien que vous étiez un homme qui connaît la vie, un homme... qui croit à la liberté individuelle. Vous y croyez, n'est-ce pas?

Sa question me parut insignifiante à force d'imprécision, mais je lui affirmai que, en effet, je croyais à la liberté individuelle. Ma réponse parut le rassurer tout à fait.

Posant d'un geste délibéré son verre sur la table, il isola de nouveau une clef de son trousseau cliquetant et se dirigea vers le capharnaüm. Une fois la porte ouverte, comme je restais assis près du bureau à déguster mon scotch, M. Chicoine me pria de m'approcher. Un soupçon d'impatience perçait dans sa voix. Il avait escompté plus de curiosité. J'aurais sans doute dû le suivre immédiatement pour lui faire plaisir. Enfin, peu importe. Sans lâcher mon verre, je pénétrai dans le capharnaüm.

Comme je l'ai indiqué, cette pièce empiète certainement sur la boutique voisine. Peut-être un commerçant qui occupait autrefois les deux édifices a-t-il fait percer cette porte mitoyenne. De l'intérieur on prendrait ledit capharnaüm pour un caveau avec ses murs de blocs de ciment sans fenêtres ni soupirail et sa vague odeur de moisissure. Un lieu lugubre en somme dont ni les rangées de livres alignées le long des rayonnages, ni le gros lustre à globe laiteux ne parviennent à effacer l'aspect rébarbatif.

Heureusement, quand j'y mis les pieds la première fois, j'avais un solide coup de scotch dans le nez. Je m'en envoyai incontinent un autre pour me donner du cœur au ventre.

M. Chicoine, les bras étendus comme un nouveau riche qui veut faire admirer ses propriétés, paraissait ravi:

— Eh bien! qu'est-ce que vous en pensez, monsieur Jodoin? me demanda-t-il triomphalement. Est-ce que ça vous surprend un peu? Vous ne vous attendiez peut-être pas à trouver pareille collection dans une petite ville comme Saint-Joachin?

Je compris qu'il voulait que je fasse le tour des rayons et je m'exécutai. Au passage, je saisis les noms de certains auteurs: Gide, Maeterlinck, Renan, Voltaire, Zola...

— Hein? Qu'est-ce que vous en pensez? redemanda M. Chicoine l'œil animé, épiant ma réaction.

Je trouvais son attitude un peu bébête. Il eût été si simple de placer ces livres avec les autres dans la boutique. Nous n'étions pas au collège Saint-Étienne. Chicoine était maître chez lui.

— Qu'en pensez-vous?

Je lui dis qu'il possédait plus de livres que je ne l'avais cru et que sa collection me paraissait assez complète.

Léon Chicoine me dévisagea avec un air de surprise, d'anxiété même, peut-être plus à cause du ton ennuyé de mes paroles que de leur sens. Mais sentant sans doute qu'il s'était aventuré trop loin pour reculer, il jugea séant de préciser agressivement ses positions:

— Vous vous imaginez que je maintiens ce stock dans le but de faire de l'argent? Eh bien! vous avez tort. C'est tout le contraire. Je le maintiens parce que je crois à la liberté individuelle.

Comme je me contentais de hocher la tête, il reprit d'un ton pugnace:

— S'il vous venait à l'esprit d'ébruiter cet entretien, je vous préviens que je nierais absolument tout avec la dernière énergie. Nous verrons bien, de vous qui venez d'arriver ici ou de moi qui jouis auprès de mes concitoyens d'une excellente réputation, nous verrons bien lequel des deux on croira. Ai-je besoin d'ajouter que pareille divulgation marquerait la fin de votre emploi ici?

Ce fut à mon tour de le dévisager. Son aspect me surprit. Toute coloration avait disparu de sa face. Une titillation agitait ses joues flasques. Ses yeux perçants, un peu hagards, me fixaient un instant pour glisser sur les rayons de livres et revenir à moi. Je compris soudain qu'il avait peur. Quelle autre raison d'ailleurs aurait-il eue de m'attaquer ainsi, de me supposer des projets de délation, de me menacer de renvoi?

Alors, au lieu de me fâcher, de rétorquer acerbement, j'éprouvai tout à coup de la sympathie, presque de la compassion pour Léon Chicoine.

Très vite, sans réfléchir, je lançai tout d'un trait:

— Monsieur Chicoine, je travaille chez vous depuis six semaines et vous n'avez jamais essayé de restreindre ma liberté. Le soir, tous les soirs, vous le savez j'en suis sûr, je vais à la taverne et je bois jusqu'à la fermeture. Vous n'avez jamais fait de remarques à ce sujet. D'autres auraient pu s'en plaindre. C'est une liberté que j'apprécie à sa juste valeur. Maintenant vous me montrez une collection de livres qui sont officiellement tabous ici. Vous voulez peut-être que je les vende? Je les vendrai... Et vous pouvez compter sur ma discrétion...

Je m'arrêtai, surpris d'en avoir tant dit. Il devait vibrer dans ma voix, d'ordinaire si terne et nasillarde (elle servait de cible aux quolibets de mes étudiants), un accent de sincérité, peut-être même, qui sait, une certaine éloquence. En tout cas, M. Chicoine, sans dire un mot, m'a serré la main.

Notre attitude à tous deux devait être ridicule, car nous sommes restés ainsi une bonne demi-minute, immobiles, la main dans la main, au milieu du capharnaüm.

M. Chicoine a repris le premier ses esprits. Il m'a lâché la main pour m'offrir la clef de la pièce. Puis il s'est mis à me recommander de ne vendre ces livres qu'à des «personnes sérieuses», en usant de la plus grande circonspection.

J'ai trouvé que, après le serrement de main, risible si l'on veut mais peut-être non dépourvu d'une certaine... noblesse, le patron se replongeait trop rapidement dans des détails utilitaires. J'en éprouvai de l'humeur. D'autant plus que j'étais honteux de ma tirade; honteux d'avoir perdu pied ainsi. Avec une certaine rudesse, je lui demandai de me préciser ce qu'il entendait par «personnes sérieuses». Il me parut un peu confus et se lança dans une explication embrouillée d'où il ressortait à peu près que les personnes sérieuses étaient celles à qui on pouvait vendre ces livres sans risques.

Bien sûr, M. Chicoine n'a pas exprimé cela en toutes lettres. Il a invoqué la liberté de pensée, le droit à l'information, l'infantilisme de notre peuple, la constipation de nos censeurs, etc., etc. Je l'écoutais à peine. Non pas que, selon moi, il eût tort. Mais ça manquait, me semblait-il, de conviction.

Il a terminé en m'expliquant pourquoi il se voyait forcer de débiter les livres du capharnaüm de 75% à 100% plus cher que les autres: leur roulement au ralenti faisait stagner un capital sérieux, «sans parler des autres risques...».

Ces considérations ne m'intéressaient pas. Je l'ai dit à M. Chicoine. Que le but du capharnaüm ne fût pas purement mercantile, je n'en demandais pas davantage. Autrement, n'est-ce pas, à quoi bon? D'ailleurs je me sentais épuisé. J'ai mis la clef dans ma poche et je suis sorti.

○

L'air du dehors m'a fait du bien, m'a ragaillardi. Pour la première fois depuis des mois, à moins que ce ne fût des années, j'éprouvais la naïve impression que je pouvais encore servir à quelque chose; remplir un rôle utile. Ce n'était pas raisonné, évidemment. Mais j'avais beau me dire que c'était le scotch, un reflux de mon exaltation de tout à l'heure; me répéter qu'il fallait tuer cette illusion dans l'œuf, rien n'y faisait.

Si bien que, en entrant *Chez Trefflé* ce soir-là — avec une heure et demie de retard — j'inclinai la tête en direction de mon voisin qu'on appelle le père Manseau, un régulier comme moi que je voyais tous les jours depuis un mois sans jamais lui adresser la parole. Il me répondit par un grognement en tournant vers moi sa face tannée, taillée à coups de serpe. Puis, saisissant son bock de ses doigts noués par l'arthrite, il prononça d'une voix râpeuse:

— À votre santé, monsieur Jodoin.

— Merci, monsieur Manseau. À la vôtre.

Là s'est bornée notre conversation. Le père Manseau n'est pas loquace. Moi non plus. Nous avions simplement voulu établir des relations de bon voisinage. Ensuite nous n'avions rien à nous dire et nous n'avons rien dit.

Maintenant, chaque fois que je revois le père Manseau, c'est-à-dire tous les jours sauf le dimanche, j'incline la tête en sa direction. Il répond par un grognement et soulève son verre de quelques pouces. Au moment de partir, en se levant, il grogne de nouveau, et moi, je lui dis au revoir.

Sauf en cas de nécessité absolue, il ne m'est quasi jamais arrivé d'amorcer une conversation avec qui que ce soit depuis mon départ du collège Saint-Étienne. Ma propriétaire, Mme Bouthiller, fait toutefois exception. Il m'arrive de lui adresser la parole le premier. Pas souvent, mais ça m'arrive. Je n'y mets guère du mien, bien sûr, car elle m'agace un peu...

Le désœuvrement explique bien des choses. Mme Bouthiller, c'est le genre collant, mais sans exagération. Au fond, je ne sais pas trop ce qu'elle me veut. Naturellement, je n'ai pas réfléchi à la question. Il s'agit sans doute de sa part de simple curiosité. Moi, je me montre correct, sans plus, ce qui attise son désir d'en savoir plus long sur mon compte afin de papoter probablement avec des voisines. Il n'arrive pas tous les jours des étrangers à Saint-

Joachin. Celui qui les héberge en acquiert un certain prestige. Mais il lui incombe aussi de renseigner ses concitoyens.

Mme Bouthiller, une ancienne institutrice de campagne — ce qui veut dire qu'elle a peut-être fini sa huitième année — rondelette, râblée, rougeaude, dans la quarantaine, est ce qu'on appelle ici une «veuve à l'herbe»: séparée de son mari, mais, naturellement, pas divorcée. C'est ce que j'ai appris de Mlle Placide (jouets) dès le deuxième jour de mon arrivée. Je ne sais si le mari de Mme Bouthiller lui verse une pension alimentaire. En tout cas, elle travaille comme commis-réceptionniste chez un photographe, avenue Saint-Onésime.

Tous les dimanches, vers onze heures, Mme Bouthiller a pris l'habitude de frapper à ma porte pour me demander si je n'ai besoin de rien, si je suis satisfait de ma chambre. Je lui réponds presque invariablement que je suis satisfait. En somme, c'est vrai. La chambre est confortable; le sommier, moelleux; le chauffage, suffisant (78 à 80° F). Depuis que je m'assieds régulièrement devant la bouche d'air chaud *Chez Trefflé*, je deviens frileux.

Par contre, mon garni ne paie pas d'apparence. La peinture vieux rose des murs s'écaille par endroits et le lambrissage verdâtre du plafond présente des lézardes inquiétantes. Le reps du vieux fauteuil s'élime. Je m'amuse parfois à en tirer les fils le soir en rentrant de la taverne. Ils sont d'une résistance remarquable. Ma lucarne donne sur une cour plutôt sordide où s'entassent de vieilles planches et les carcasses rouillées de deux anciens camions. Peu importe. L'aspect du monde extérieur ne m'a jamais impressionné. D'ailleurs le fauteuil de reps possède un coussin neuf en caoutchouc-mousse, très confortable. Il me manquait une table, pour écrire. Mme Bouthiller m'en a procuré une à ma première demande. Préhistorique, elle aussi, la table, et cicatrisée d'égratignures. C'est un avantage: je peux impunément en cocher les bords avec mon canif. Ça passe le temps le dimanche en attendant que je trouve quelque chose à coucher dans ce journal.

Encore une fois, je n'ai pas à me plaindre de ma chambre. Elle possède l'immense avantage d'une entrée séparée, laquelle donne sur la cour-débarras, précisément. De cette façon, je peux entrer ou sortir à toute heure sans déranger Mme Bouthiller. Évidemment, c'est plutôt pour rentrer que cette porte m'est utile, quand je reviens de *Chez Trefflé* le matin vers une heure et dix. Car, pour ce qui est de sortir, je quitte ma chambre vers huit heures quarante-cinq, alors que la propriétaire est déjà partie.

Tous ces détails, je m'en rends compte, n'offrent aucun intérêt. Peu importe. Autant d'écrit, autant de pris. Ça passe le temps. Et ce que ça peut être long un dimanche! D'autant plus que, ce jour-là, je me réveille à la même heure que d'habitude, quelquefois même un peu plus tôt, puisque les tavernes doivent fermer à minuit exactement le samedi.

Une fois expédié mon petit déjeuner (bromo-seltzer, sel *Safe-All*, jus de tomate et deux bananes que je prends dans ma chambre), je n'ai plus rien à faire. Alors je rédige ce journal. Dire qu'il m'a fallu quatre dimanches d'ennui nauséeux avant d'y penser. Enfin, c'est passé. Inutile d'y revenir. Jusqu'à présent, ce journal a été efficace. Pourvu que ça continue; que je trouve quelque chose à dire...

Voilà pourquoi je me presse si peu. Quand Mme Bouthiller vient frapper à ma porte vers onze heures à son retour de la grand-messe, je ne dirai pas que j'éprouve un grand plaisir, mais je ne suis pas fâché. D'ailleurs elle ne s'attarde jamais longtemps parce que je ne l'invite pas à s'asseoir. Elle reste donc debout, appuyée au chambranle de la porte, une hanche — la droite — plus

52

arrondie que l'autre à cause de sa posture, précisément, et sa grosse poitrine ballonnante sous le corsage. Moi aussi, naturellement, je reste debout. Je ne vois pas comment je pourrais agir autrement sans l'insulter.

Nos entretiens suivent à peu près toujours la même courbe. D'abord, questions réglementaires sur mes besoins éventuels — à quoi je réponds que rien ne me manque. Ensuite, remarques sur la température: Mme Bouthiller déclare qu'il fait froid quand il fait froid, qu'il fait du vent quand il en fait ou qu'il y a de la neige quand il en est tombé. Je corrobore ses constats et elle passe immédiatement à des commentaires sur la messe à laquelle elle vient d'assister. Cela marque à proprement parler le début de l'interrogatoire. Lors de notre premier entretien, Mme Bouthiller m'a demandé ce que je pensais de l'église de Saint-Joachin. (Comme je n'avais pas encore commencé la rédaction de ce journal, et que je me promenais un peu le dimanche matin, Mme Bouthiller ignorait si je me rendais ou non à la messe.) Je lui avouai que je manquais d'esprit d'observation et que je refusais de porter un jugement sur tout édifice à moins de l'avoir vu quelques douzaines de fois. Elle a voulu savoir si j'avais au moins remarqué les clochers — les plus hauts du comté, paraît-il. Je lui ai répondu que, en effet, lors de mes promenades, il m'arrivait d'apercevoir entre les toits les deux longues flèches pointues. Elle m'a alors appris que certaines gens trouvaient l'intérieur de l'église trop sombre. J'attirai son attention sur le fait que cela ne constituait pas nécessairement un défaut; que certaines églises romanes étaient très sombres aussi, ce qui n'enlevait rien à leur beauté. C'était différent du gothique, voilà tout.

Alors, elle a changé de sujet. Non qu'elle eût renoncé à obtenir des renseignements sur mes «convictions», mais elle estimait sans doute que l'entretien avait pris une mauvaise tangente.

Laissant donc tomber l'église, son interrogatoire prit de l'envergure, embrassa la ville tout entière. Est-ce que je trouvais Saint-Joachin minuscule comparé à la métropole d'où, sans doute, je venais? — Je répondis que tout était relatif: j'avais vu, certes, des agglomérations plus considérables que Saint-Joachin, mais j'en avais vu aussi de plus petites.

Elle s'enquit alors si, à mon avis, les Joachinois avaient un parler spécial. — J'exprimai l'opinion que chaque ville, chaque patelin possédait ses idiotismes, son accent, mais que le parler de Saint-Joachin ne me paraissait ni plus ni moins original que les autres. Un Français s'en trouverait peut-être un peu dérouté, mais je n'éprouvais, moi, nulle difficulté à comprendre. J'ajoutai toutefois que j'étais fort mauvais juge en cette matière, attendu que j'écoutais toujours le moins possible ce que les gens me disaient. Cette remarque a quelque peu ralenti la faconde de Mme Bouthiller. Elle ne m'a plus posé ensuite qu'une douzaine de questions auxquelles j'ai apporté des réponses qui, sauf erreur, ne m'ont pas compromis.

Au fond, je ne sais pourquoi je joue ainsi à cache-cache avec elle. Il y a bien des renseignements que je pourrais lui donner sans me faire violence. Peu importe. J'ai commencé ainsi. Autant vaut continuer. C'est moins fatigant que de changer.

Quant à elle, je pense qu'elle m'a déballé toute son histoire, à l'exception de ses relations avec son mari, dont elle s'est contentée d'affirmer que c'était un «bon à rien, un sans-cœur, un flanc mou, une crapule de la pire espèce et un saligaud comme il ne s'en fabrique plus». Elle a ajouté qu'elle me transmettait ces renseignements par souci d'objectivité, nullement dans le but de me donner de lui une «mauvaise opinion».

Comme elle semblait réclamer mon appro-
bation, j'ai loué en quelques mots son
respect pour la vérité.

Elle s'est mise ensuite à parler de ses
deux filles, Angèle et Ursule, mariées l'une
et l'autre. Angèle demeure à Lowell, Massa-
chusetts. Elle a deux enfants: Frankie et
Tom. Son mari aime un peu trop la bouteille.
Ursule, elle, habite Farnham. Elle a épousé
un officier. Mais ils n'ont pas de progéniture.
C'est une pitié. Au fond, Mme Bouthiller
soupçonne son gendre d'impuissance. Au
cours de la guerre, il a été blessé — éclat
d'obus — et il n'y a jamais eu moyen de
savoir où. Alors, n'est-ce pas, on pouvait
tout supposer. Mme Bouthiller a voulu
connaître mon sentiment là-dessus. J'ai
exprimé l'opinion que, en effet, les éclats
d'obus avaient la réputation de ne reculer
devant rien. Cette pensée a plongé ma
propriétaire dans un abîme de réflexions.
Elle a gardé plusieurs minutes de silence.

Alors, sans transition, elle a abordé le
sujet de son patron, un vieillard squelettique
d'au moins soixante-dix ans qui semble
encore porté sur la bagatelle. Il pince le
postérieur de ses employées quand il en a la
chance. N'était-ce pas honteux? À son âge!
Mme Bouthiller a de nouveau réclamé mon
avis sur ce point. Je le lui ai donné: selon

56

moi, l'âge ne faisait rien à l'affaire; ce serait plutôt une question de tempérament. Mme Bouthiller m'a objecté que, dans ce cas, M. Lesieur (tel est le nom du photographe) devrait s'en prendre aux femmes de son âge. Tout en reconnaissant la logique de l'argument, j'ai émis l'hypothèse que des raisons commerciales empêchaient peut-être M. Lesieur d'engager des septuagénaires à son studio et qu'il devait par conséquent se borner à pincer les employées qu'il avait sous la main. Mme Bouthiller en a convenu en ajoutant que, par ailleurs, M. Lesieur était un patron chic dont elle n'avait pas à se plaindre.

Ensuite elle m'a quitté. Je ne rapporte pas tout, évidemment. Ce serait trop long. Mais elle m'a communiqué quantité d'autres détails d'un égal intérêt. Ce sera peut-être pour une autre fois si je ne les ai pas oubliés.

Pour l'instant, j'en reviens à la librairie Léon où se sont produits récemment d'autres événements qui, eu égard à la monotonie de ma vie, méritent l'épithète d'importants.

Les premiers jours qui ont suivi l'entretien dans le capharnaüm, rien ne s'est produit. Le patron était-il en train d'informer confidentiellement ses lecteurs capharnaümnesques qu'ils pourraient désormais s'adresser à moi? — Je l'ignore. Je m'étonnais seulement que M. Chicoine, qui m'avait si solennellement révélé l'existence de sa bibliothèque clandestine, agît ensuite à mon égard comme si de rien n'était. Quand je le voyais, il semblait toujours pressé: «Bonjour, ça va bien? Un sale temps, pas vrai? et il était parti.

Un soir pourtant il arriva plus tôt que d'habitude, prit l'argent de la caisse, le déposa dans son petit coffre-fort et, à cinq heures et demie tapant, il s'arrangea pour sortir de la librairie en même temps que moi. Après s'être enquis de quel côté j'allais, il déclara que, par un heureux hasard, ça se trouvait sur son chemin. Nous avons fait quelques pas en silence, puis brusquement:

— Vous avez dû rester surpris quand vous vous êtes aperçu que votre clef n'ouvrait pas le capharnaüm? m'a-t-il demandé.

Les lèvres figées en un sourire cafard qui découvrait ses longues dents chevalines, il m'interrogeait du regard. Mais je me tenais sur mes gardes. Je m'étais une fois déjà couvert de ridicule par ma harangue sur la liberté: il ne m'y prendrait plus. Je l'informai donc posément que j'eusse peut-être en effet été étonné si j'avais dû essayer ma clef, mais que, les circonstances ne l'ayant pas exigé, J'avais pu garder mon équanimité. M. Chicoine parut un peu déçu de cette réponse. Il éprouva le besoin de me fournir quelques explications:

— C'est que, fit-il — et je m'en excuse — j'avais perdu ma propre clef. Bien que l'étiquette *capharnaüm* qui y était attachée ne fut guère compromettante, je me sentais mal à l'aise sans cette clef qui ne me quitte jamais et j'ai jugé bon de remplacer moi-même le verrou il y a quelques jours... Je vous l'aurais bien indiqué plus tôt mais, comme vous savez, ces demoiselles sont toujours dans la librairie quand j'arrive et elles épient mes moindres propos...

Cette explication puait la mauvaise foi. Le patron avait peut-être traversé une crise de panique après m'avoir confié la garde de ses livres «à ne pas mettre entre toutes les mains». Mais, quelles que fussent ses raisons, ça m'était égal. Il n'y avait rien à répondre et je n'ai rien répondu. M. Chicoine aurait sans doute aimé que je réagisse davantage. Il pouvait toujours, comme on dit, se gratter le cul.

— C'est pourquoi, reprit-il, en se frottant le menton, je voulais vous remettre cette clef-ci, qui est celle du nouveau cadenas... Je sais que vous êtes un homme sérieux et je suis sûr que vous vous en servirez avec discernement.

Je glissai la nouvelle clef dans ma poche et lui rendis l'ancienne. Puis, comme nous nous trouvions en face du café casse-croûte où j'avale le soir un sandwich avant de gagner la taverne, j'ai invité M. Chicoine à m'accompagner en lui précisant toutefois qu'il devrait défrayer lui-même le coût de son repas. Il m'a affirmé que rien ne lui ferait plus plaisir, mais qu'il avait malheureusement un rendez-vous, et nous nous sommes quittés.

Durant les quelques jours qui suivirent, j'ai eu l'occasion d'aller puiser dans le capharnaüm huit ou dix fois pour des «clients sérieux», des réguliers. Je n'ai pas eu de difficulté à les reconnaître. Ils s'approchent de moi avec des airs de conspirateurs et me glissent à l'oreille quelque titre ou nom d'auteur du ton dont on demande un condom ou un suppositoire chez le pharmacien. D'autres, moins précis, avec des clignements d'yeux «significatifs», se contentent de me demander des livres «qui cognent un peu, qui sortent de l'ordinaire». Il m'est arrivé de leur répondre que nous n'en avions pas, que tout notre stock se trouvait là, étalé sur les rayons. Certains ont protesté en affirmant qu'ils en parleraient à M. Léon. D'autres n'ont pas insisté.

La cause de mon refus? — C'est que ça m'emmerde d'aller fouiller dans le capharnaüm. Si c'est un simple aphrodisiaque que ces zigotos-là cherchent, il y a d'autres moyens. Je ne vois pas pourquoi je devrais me déranger alors qu'il existe des établissements spécialisés dans ce domaine. Moi, ce n'est pas mes oignons. La liberté individuelle, la liberté de penser, je veux bien. Mais ça n'a ici rien à voir. Si j'avais sous la main des livres «qui cognent», je les leur passerais, simplement pour me débarrasser d'eux. Mais c'est loin d'être aussi simple que ça. Pour atteindre le satané caveau — car c'en est un, même s'il n'est pas souterrain — il me faut quitter mon tabouret, contourner le comptoir, passer devant Mlle Placide, ouvrir la porte d'une arrière-boutique glaciale, déverrouiller le capharnaüm, refermer la porte derrière moi (les ordres du patron sont formels là-dessus) et circuler dans cette pièce poussiéreuse et mal éclairée à la recherche de quelque bouquin. Si, entre-temps, d'autres clients s'amènent (et naturellement ils semblent s'être donnés le mot pour affluer en ces occasions), Mlle Placide (jouets) ne manque pas de me héler de sa voix stridente. Depuis que je lui ai refusé mon aide pour ses étalages, elle ne lèverait pas le petit doigt pour me faciliter la tâche. Je ne la blâme pas. C'est de bonne guerre. N'empêche que, lorsque retentit son glapissement, je dois refaire toutes les opérations ci-dessus mentionnées en sens inverse, quitte à retourner un peu plus tard dans le capharnaüm-glacière.

Passe encore quand on me demande un titre précis. C'est l'affaire d'une couple de minutes et je reviens avec le bouquin. Mais quand il s'agit de trouver un livre qui «cogne» simplement, alors je ne marche plus. Il est, en effet, arrivé à des clients, après avoir feuilleté le bouquin, de déclarer «qu'il ne cognait pas assez» et d'en réclamer un autre. Je les ai, il va sans dire, envoyés promener. Ce qui, hélas, ne me dispense pas d'aller remettre le volume dans le capharnaüm.

Tous ces déplacements, ne l'oublions pas, sont censés s'accomplir à l'*insu* des autres clients et même des trois vieilles filles. Enfin passons.

Un de mes voyages au capharnaüm a eu des répercussions autrement spectaculaires. Je dis: spectaculaires, c'est sans doute exagéré. Tout est relatif. Les conséquences en ont bouleversé la librairie Léon de Saint-Joachin, laquelle n'est pas précisément le nombril du monde.

C'était un jeudi après-midi, jour de congé au collège Saint-Roch qui se trouve à une couple de milles de Saint-Joachin, en rase campagne, je veux dire au milieu d'un vaste domaine appartenant à des pères qui allient l'industrie laitière à l'élevage des jeunes gens. Je l'ai entrevu au loin, ce collège, un dimanche (mon troisième ici) où, par désœuvrement, j'avais poussé ma promenade jusqu'aux confins de la ville.

Bref, il y a toujours le jeudi un certain nombre de potaches qui viennent «bouquiner». C'est un jour empoisonnant. Non pas parce qu'ils n'achètent à peu près rien et qu'ils se moquent de moi — deux choses sans importance — mais parce qu'ils gueulent à tue-tête, me posent des questions et bouleversent mon classement. Il me faut ensuite une bonne heure pour replacer les bouquins. C'est de leur âge, je le sais bien. N'empêche que j'ai souvent de furieuses envies de les foutre dehors à coups de pied au cul. Peu importe.

C'était donc un jeudi après-midi, tôt — une heure et demie, deux heures. Perché sur mon tabouret, la visière rabaissée sur les yeux, accoudé au comptoir, un livre ouvert devant moi, je roupillais comme d'habitude lorsqu'un collégien au visage criblé d'acné, un béret sur la tête, est venu me demander

L'Essai sur les mœurs. J'ai relevé la tête pour l'examiner. (Quand on me réveille ainsi, je me suis exercé à ne pas sursauter. Ça créait une mauvaise impression. Grâce à ma visière, on croit maintenant que je lis. Il n'y a que Mlle Placide qui ne soit pas dupe. Elle a remarqué que je ne tourne jamais les pages de mon bouquin. (Ce qu'elle ignore, c'est que même éveillé, je ne les tourne pas davantage. Peu importe.) J'ai donc regardé le collégien. Je le connais. Il vient souvent à la librairie. C'est l'un des moins bruyants. Il passe des heures à feuilleter des livres non coupés. J'étais comme ça, un dévoreur, à son âge. Je ne sais combien de quarts, de tiers ou de huitièmes de «nouveautés» j'ai lu de cette façon. Quand le collégien a demandé *L'Essai,* mon premier mouvement a été de refuser, de dire que nous ne l'avions pas. Car le lui vendre, n'est-ce pas, ça pouvait causer des emmerdements. Puis je me suis ravisé. Curiosité? Sympathie? Souvenirs de jeunesse? — Quoi qu'il en soit, je l'ai prié de m'indiquer le nom de l'auteur. Il me l'a donné. Je lui ai demandé s'il s'agissait d'une enquête sociologique. Avec un air de condescendance, le jeune homme m'a dit que c'était un livre d'histoire et d'exégèse. Il me prenait de toute évidence pour un crétin. Peu importe. Il savait ce qu'il voulait. Il était sans doute plus «sérieux» que les autres clients à qui j'avais vendu des livres capharnaümnesques. Je fus quand même tenté de l'avertir que, en plus de coûter très cher, *L'Essai sur les mœurs* était un bouquin somnifère comme on en voit rarement. Mais à quoi bon? À cet âge-là, n'est-ce pas, on est soupçonneux. Il se serait imaginé que je voulais simplement le détourner de «lectures dangereuses». Mieux valait qu'il se rendît compte par lui-même. J'ai donc été chercher le livre et je le lui ai donné. Avec un regard incrédule, le collégien a pris *L'Essai,* il m'a payé et il est parti à grandes enjambées.

Je n'ai ensuite entendu parler de rien pendant trois ou quatre jours. J'ai accompli mon traintrain comme auparavant — librairie, taverne, chambre; chambre, librairie, taverne — et j'ai dû vendre une dizaine d'autres volumes, capharnaümnesques...

○

Puis, un matin, M. le Curé est entré. J'ai su que c'était lui parce que les trois vieilles filles l'ont salué par son titre. À ma connaissance, c'était la première fois qu'il mettait les pieds dans notre établissement. Je supposai qu'il n'était pas lecteur — à moins qu'il ne s'approvisionnât ailleurs. C'est un homme obèse, frisant la soixantaine, fort bien conservé, teint vermeil, nez épaté, front fuyant, chevelure en panache, et qui parle d'une voix traînante et solennelle. Il s'est approché de moi pour me demander en un chuchotement si j'étais «en charge de la vente des livres». De toute évidence il ne voulait pas que ces demoiselles entendissent notre conversation. Je me souviens qu'un silence absolu planait dans la librairie. Je lui ai donc répondu très distinctement que, en effet, sauf le vendredi soir où M. Chicoine était là, sauf aussi de midi à une heure lorsque Mlle Morin me remplaçait, c'était moi qui étais préposé au rayon des livres comme l'indiquait ma position derrière mon comptoir.

Après un signe de tête pour me remercier, il s'est mis à examiner les livres étalés sur les rayons. Il m'a même prié de lui prêter un petit escabeau afin de consulter les titres des volumes haut placés. De temps en temps, il comparait certains titres à une liste qu'il avait tirée de sa poche et il hochait la tête. Je l'ai laissé faire, assis sur mon tabouret où j'ai finalement réussi à somnoler comme d'habitude. Au bout d'un certain

énumération

temps, M. le Curé est descendu et m'a demandé de la même voix confidentielle si nous n'avions pas en stock «certains livres dangereux». Je l'ai regardé l'air perplexe en relevant les sourcils et l'ai prié de m'éclairer sur ce qu'il entendait par «livres dangereux». Un soupçon d'impatience a percé dans sa voix:

— Vous savez bien ce que je veux dire, voyons! Des livres qu'il ne faut pas mettre entre toutes les mains.

Je lui ai répondu que je n'en savais rien, attendu que je ne lisais pas moi-même et que, même si j'avais lu, je n'aurais pas osé porter de jugement là-dessus. Il m'a fixé quelques instants, sans bouger. Il se demandait sans doute si j'étais aussi stupide que j'en avais l'air.

— N'avez-vous pas un guide qui vous donne la cote morale des livres que vous vendez? s'enquit-il.

Je lui ai répondu que je l'ignorais mais que, s'il voulait bien me donner le titre de ce livre de cotes, je consulterais nos listes. Il a alors mentionné *Le père Sagehomme* et *L'abbé Bethléem*.

Je savais bien que ces livres ne figuraient pas sur nos listes. Je les ai pourtant consultées longtemps, méticuleusement, l'air absorbé, avant de répondre que nous ne les avions pas. J'ai toutefois ajouté que, s'il les voulait, ces volumes, nous pourrions certainement les lui commander. C'était l'affaire d'une dizaine de jours.

Les sourcils froncés, il m'a dévisagé encore un long moment. Puis, brusquement, il a sorti un livre de la poche intérieure de son paletot et me l'a tenu quelques secondes sous le nez.

— Vous connaissez ce volume? m'a-t-il demandé d'une voix sévère.

C'était *L'Essai sur les mœurs*. Je lui ai dit que je ne me souvenais pas mais qu'il me semblait bien que j'avais vu quelque part le nom de l'auteur.

— Alors ce livre ne vient pas d'ici?

Je pris *L'Essai*, regardai la couverture des deux côtés, l'ouvris, puis le rendis à M. le Curé en disant que je ne pensais pas qu'il vînt de notre librairie, attendu que nos livres portaient le nom de notre établissement sur un collant à l'intérieur de la couverture, comme je le lui montrai en ouvrant un autre volume. J'ajoutai que, naturellement, cette étiquette aurait pu se décoller, car j'avais remarqué que les collants de la dernière boîte étaient d'une adhérence douteuse. Toutefois, comme, à l'intérieur de la couverture du livre qu'il m'avait montré, je ne pouvais distinguer la moindre éraflure ou trace de colle, j'inclinais très fortement à penser que le volume ne provenait pas de chez nous.

M. le Curé resta quelque temps immobile, l'air perplexe, à se gratter le menton. Deux ou trois fois il ouvrit la bouche sans émettre un son. Finalement il reglissa le bouquin dans la poche de son paletot et me remercia de mes renseignements.

Après l'avoir assuré de mon entier dévouement, je lui demandai s'il désirait que je lui commande les deux volumes qu'il m'avait mentionnés — *L'abbé Bethléem* et *Le père Sagehomme*. M. le Curé mit quelques secondes à saisir. Il pensait à autre chose. Finalement il me répondit: «Non, non.» Ces volumes se trouvaient au presbytère; il avait simplement voulu les consulter sur place. Je lui demandai alors s'il ne se laisserait pas tenter par d'autres volumes: comme il avait pu le constater, nous en possédions une collection respectable et nous serions honorés de le servir. C'était bien la première fois que je poussais la vente. J'espérais lui passer un rossignol. Mais je ne réussis pas. La vente n'est pas mon fort. M. le Curé se défila en alléguant la faiblesse de sa vue. Comme j'avais remarqué qu'il lisait sans lunettes, je me permis de lui exprimer ma surprise et d'avancer l'hypothèse que, peut-être, avait-il voulu dire simplement que ses yeux se fatiguaient vite. Il me répondit: «Oui, oui»; c'était ce qu'il avait voulu dire. Je m'empressai alors de le féliciter de jouir quand même d'une si bonne vue à un âge où la plupart des gens sont impotents. (Comme je l'ai dit, il a au plus une soixantaine d'années.) Mon compliment le laissa froid. Il s'éclaircit bruyamment la voix, ajusta son foulard et partit en me lançant un sec au revoir.

○

Durant l'entretien, j'étais demeuré assez calme et, sauf erreur, je n'avais pas manqué de présence d'esprit. C'est seulement après le départ du curé qu'une étrange jubilation s'empara de moi. Je dus tourner le dos au comptoir et faire semblant de replacer des volumes pour que les vieilles filles ne s'aperçussent de rien. Je ne suis pas sûr d'avoir réussi. J'avais des gestes brusques, saccadés, tout à fait différents de mon allure habituelle. M. le Curé fut-il revenu, j'aurais été incapable de répéter mon tour de force. Car c'en était un, je n'en sors pas. J'avais en somme remporté une petite victoire, et cela, comme je l'ai indiqué, sans violence aucune, sans le moindre signe de ressentiment.

Heureusement, nulle de mes compagnes ne m'adressa la parole pour un bon moment. Mais je les entendais chuchoter entre elles, leur hostilité mutuelle suspendue pour la circonstance.

○

Le reste de la journée s'écoula sans incident. Je servis des clients, donnai à d'autres d'évasives réponses. Mlle Morin me remplaça à l'heure du déjeuner. L'après-midi fut plutôt tranquille, sauf vers cinq heures alors qu'une vieille mégère ronchonnante et geignarde a tiré une vingtaine de volumes des rayons et les a éparpillés sur le comptoir sans en acheter un seul. Je lui fis remarquer que c'était une coutume bien établie chez nos clients de remettre en place les livres qu'ils déplaçaient. Elle me rétorqua qu'il fallait être singulièrement dépourvu de manières pour émettre une observation semblable à une vieille de son âge, percluse de rhumatismes, à qui chaque mouvement causait des douleurs aiguës. Je lui repartis que, si tel était le cas, une excellente façon de s'épargner des souffrances eût consisté à extraire moins de bouquins des rayons ou encore à rester chez soi. Ce conseil pourtant raisonnable ne lui plut pas. Elle a déguerpi en mâchonnant des imprécations sur la décadence de la galanterie dans notre province.

Peu après, M. Chicoine est entré comme d'habitude. Il a vidé les tiroirs-caisses et les trois vieilles filles sont parties. Moi, je suis resté pendant que le patron compulsait les recettes de la journée et les inscrivait dans le grand livre. J'avais plusieurs bouquins, en plus de ceux de la vieille chipie, à ranger. De fait mon rayon ressemblait à une porcherie. M. Chicoine n'a pas fait de remarques, mais, une fois ses écritures terminées, il s'est approché pour surveiller mon travail. Je me demandais s'il était au courant de la visite du curé. Mes gestes trahissaient encore, j'en suis sûr, une certaine fébrilité. Le silence se prolongeait. Ça devenait embarrassant. Histoire de dire quelque chose, je demandai à M. Chicoine s'il existait des lupanars à Saint-Joachin. En y repensant, le sujet était plutôt bien trouvé, susceptible d'expliquer l'insolite de mes agissements et de lancer M. Chicoine sur une fausse piste — ce qui ne manqua pas de se produire. Ma question amena tout de

72

suite un large sourire sur la face chevaline
du patron. Sa lèvre supérieure se releva,
découvrant de longues dents jaunâtres et
une partie de la gencive. Je me dis qu'il
ressemblait un peu à Fernandel. Il se montra
on ne peut plus complaisant. Il m'apprit
que, malheureusement, il n'existait pas
d'établissements semblables à Saint-Joachin.
C'était assez ennuyeux — «pour ceux qui en
ont besoin, naturellement», ajouta-t-il avec
un haussement de sourcils énigmatique. Il y
en avait eu un autrefois, très prospère, bien
fréquenté, «tout à fait à la hauteur». Il avait
dû fermer ses portes «sous l'effet de certaines
pressions». Les intéressés devaient maintenant se rendre à Saint-Jules, «ville plus
considérable et, au dire de certains, plus
sensible aux besoins de la société contem-
poraine.» M. Chicoine, lui, ne se prononçait
pas. Joachinois de vieille souche, il refusait
de déblatérer contre sa ville. De plus, n'est-
ce pas, il tenait à respecter non seulement la
liberté individuelle, mais aussi la liberté
collective. N'étais-je pas de son avis? — Je
le rassurai sur ce point en lui faisant toutefois
observer que ces deux sortes de liberté
s'opposaient souvent; que, dans bien des
cas, les individus dont la majorité,
fatalement, exprimait l'opinion générale
«officielle» étaient tellement tiraillés, ballottés

73

par des craintes, par «certaines pressions» selon son expression, que leur prétendue liberté collective était le résultat de leurs servitudes individuelles. M. Chicoine se répandit en éloges sur cette explication amphigourique, laquelle, déclara-t-il, exprimait son opinion mieux qu'il n'aurait su le faire lui-même. Je me demandai si c'était chez Jean-Jacques Rousseau ou ailleurs que j'avais lu «mon explication». Il me remonte quelquefois ainsi à la mémoire des lambeaux de lecture. Je n'eus pas le temps de creuser la question. M. Chicoine m'indiquait qu'un de ses amis se rendait assez régulièrement en voiture à Saint-Jules et qu'il se ferait un plaisir de m'emmener. Je le remerciai mais déclinai l'offre, en précisant que je détestais les déplacements, si minimes fussent-ils et que, d'ailleurs, ce n'était pas urgent. Je trouverais peut-être, crus-je bon d'ajouter, ce qu'il me fallait sur place en cherchant un peu.

14 avril.

La journée de la visite pastorale m'avait épuisé et, je ne sais pourquoi, la perspective de passer comme d'habitude la soirée *Chez Trefflé* me puait au nez. Peut-être éprouvais-je le besoin de converser avec quelqu'un. Tout est possible. *Chez Trefflé*, mes habitudes sont si solidement établies, classées, que je ne pouvais espérer y entamer une conversation amicale. D'ailleurs avec qui? Le père Manseau? Qu'est-ce que j'aurais pu lui dire? Ses grognements de salutation représentent sans doute pour lui le summum de l'aménité.

Comme il n'y avait rien à tirer de ce côté-là, je décidai, après une hâtive collation, de m'acheter une flasque de rhum et de rentrer dans ma chambre. Mme Bouthiller serait peut-être à la maison. (Je ne suis guère au courant de ses habitudes.) À l'exception de M. Chicoine, c'était la seule personne à Saint-Joachin avec qui j'eusse conversé un peu longuement. À Montréal quand une manie de sociabilité s'emparait de moi (ce qui se produisait une couple de fois par année), j'avais toujours le recours d'aller raser un ancien condisciple.

Comme je l'avais espéré, Mme Bouthiller était là. Je l'aperçus derrière les rideaux de la cuisine en train de laver la vaisselle. Je montai vivement chez moi pour m'envoyer un solide coup de rhum, histoire de me donner du cœur au ventre. Je me rappelle que j'ajustai ensuite mon nœud de cravate devant mon armoire à glace. J'étais peut-être déjà un peu éméché. L'image qu'elle me renvoya n'en menait pas large. Je pris un autre coup de rhum et je descendis. J'avais dû rester en haut plus longtemps que je ne l'avais pensé. La vaisselle était terminée; les plats, rangés. Assise à la table de la cuisine, Mme Bouthiller sirotait un café. Elle m'avait entendu descendre, car elle restait immobile, sa tasse entre les mains, les coudes appuyés sur la toile cirée. Elle m'adressa tout de suite la parole:

— Quel bon vent vous amène? Ce n'est pourtant pas le jour du loyer! (Je lui remets d'ordinaire mes six dollars le dimanche quand elle se présente dans ma chambre.)

Après l'avoir saluée plutôt cérémonieusement, je lui dis que je ne venais pas pour affaire: j'avais vu un beau programme annoncé au cinéma *Palace* et je voulais l'y inviter...

Elle me regarda bouche bée de surprise. Absolument rien de ma conduite passée ne pouvait lui laisser prévoir semblable initiative. J'ajoutai qu'il est lugubre d'aller au cinéma tout seul: quand on voit une scène intéressante, on n'a personne à qui communiquer ses impressions et on ne s'amuse guère... Je ne sais si mes paroles étaient habiles. D'ailleurs, dans des situations comme celles-là, les paroles n'ont guère d'importance. Si la femme veut accepter, la tournure des phrases n'y fait rien. Dans le cas contraire, on perd sa salive.

— Pour vous dire franchement, monsieur Jodoin, ça me tenterait, fit-elle. Seulement, vous savez ce que c'est, dans une petite ville, ça fait jaser les gens...

Je lui représentai que, des ragots, il y en avait toujours partout et qu'il fallait les accueillir avec le plus profond mépris. D'accord avec moi en théorie, Mme Bouthiller ne l'était pas en pratique: si j'étais passé «par où elle avait passé», je me serais montré plus sensible aux racontars. M. Bouthiller était «un bon à rien, un sans-cœur, un flanc mou, une crapule de la pire espèce, un saligaud comme il ne s'en fabrique plus», et pourtant certaines langues fielleuses avaient osé prendre sa défense lors de leur séparation... L'entretien tournait mal et je me préparais à remonter dans ma chambre pour biberonner solitairement quand il me vint à l'esprit un stratagème qui sauva la situation. Je suggérai à Mme Bouthiller de nous rendre au *Palace* séparément et de nous y retrouver à l'intérieur comme par hasard. Dans l'obscurité de la salle, les gens ne nous reconnaîtraient pas; et, d'ailleurs, une rencontre fortuite ne pouvait soulever de commérages. Ce dernier argument convainquit Mme Bouthiller. Au fond, je pense qu'elle avait fort envie de cette sortie. Peu importe. Nous avons suivi mon plan et nous nous sommes retrouvés sans peine au parterre.

Je n'ai guère regardé les films. L'un se passait, comme il se doit, dans le Far-West: coups de poing, coups de revolver, galopades poussiéreuses, intrigues machiavéliques, vols de bestiaux, triomphe du héros aux jambes torses et à la mâchoire d'acier qui embrasse à la fin une dulcinée au visage tacheté de son. L'autre film se déroulait probablement aux Antilles, à moins que ce ne fût dans quelque île du Pacifique. Je ne me souviens même pas si les aborigènes intercalaient des expressions espagnoles dans leurs discours. Quant à Mme Bouthiller, elle n'a pas suivi mieux que moi, car elle ne comprend pas l'anglais. Mais, comme elle dit, «pourvu que ça bouge, c'est le principal». J'ai dû roupiller un peu.

Vers le milieu de la séance, comme sans y penser, j'ai pris la main de ma compagne. La paume en était rugueuse comme celle d'une lavandière, ce qui m'a étonné. J'ai appris depuis que, en plus de répondre aux clients, Mme Bouthiller s'occupe du développement des films chez son photographe septuagénaire et pinceur de fesses. En tout cas, cette rugosité m'a causé une certaine répulsion. Mais comme elle m'abandonnait sa main sans résistance, il eût été malséant que je retire la mienne. Je l'ai donc tenue jusqu'à la fin de la représentation. Ou plutôt quelques minutes avant la fin. Car Mme Bouthiller, perfectionnant mon stratagème, avait jugé plus prudent que nous sortions séparément pour nous «rencontrer» encore une fois dans le foyer.

Je me suis donc levé le premier pour l'attendre tel que convenu. À ce moment-là, mon aventure m'emmerdait un peu. De plus, j'avais soif. Je n'avais pris, comme je l'ai dit, que deux coups de rhum avant de partir, trois heures et demie plus tôt. Si respectables fussent-ils, c'était loin d'équivaloir aux quinze ou vingt verres de bière de *Chez Trefflé.*

Sur le chemin du retour, alors qu'un vent aigu traversait mon vieux paletot élimé, je pestais intérieurement contre cette sortie. J'aurais beaucoup mieux fait, me disais-je, de m'installer *Chez Trefflé* comme d'ordinaire. Maintenant il était trop tard. Je me consolais à la pensée que mon flacon de rhum était encore plein aux trois quarts. Avec ça, on peut toujours se tirer d'affaire.

Arrivé à la maison toutefois, je commis peut-être une autre bévue. Je dis: peut-être, car il y a du pour et du contre. C'est d'ailleurs trop récent pour que je puisse porter là-dessus un jugement objectif. Une fois donc à la maison, je proposai à Mme Bouthiller de trinquer avec moi, histoire de se réchauffer. Je le faisais à vrai dire par politesse, car j'inclinais à penser qu'elle refuserait. Ses questions détournées sur mes habitudes religieuses avaient dû me laisser l'impression que Mme Bouthiller était une bigote. Il est vrai qu'elle ne vivait pas avec son mari. Mais on peut toujours dans ces

80

cas-là se trouver des raisons «honorables».
Peu importe. *répétition tout au long du livre*

Elle accepta mon invitation en disant
que, en effet, il faisait un peu froid et que, ne
connaissant pas le rhum, elle était curieuse
d'y goûter. La flasque se trouvait dans ma
poche, mais je prétendis l'avoir laissée en
haut afin d'y aller avaler une lampée, car
j'avais soif.

Je suis redescendu et nous nous sommes
installés au salon dans une causeuse. Je ne
veux pas entrer ici dans les détails. Ça n'a
aucun intérêt. Nous avons pris ensemble
quatre ou cinq petits verres. Mme Bouthiller
n'avait peut-être jamais goûté au rhum, mais
elle avait certainement bu autre chose. Elle
le «portait» admirablement bien, même si
elle déclarait après chaque verre que c'était
le dernier, qu'il fallait être raisonnable,
qu'elle devait se lever tôt le lendemain, etc.
Moi, je commençais à me sentir à mon aise.
J'approuvais et je versais.

Après le cinquième ou le sixième verre,
je lui ai pris la main — rugueuse — et je me
suis mis à la peloter gentiment. Elle a réagi
avec une vitesse surprenante: même un peu
embarrassante pour moi car je ne me sentais
pas tout à fait prêt. Mais ça s'est tassé. J'ai
simplement mis un peu plus de temps qu'il
ne fallait pour la dévêtir. De son côté, elle a

sans doute compris, car elle a fait le nécessaire, sinon avec raffinement, du moins avec à propos. D'ailleurs, je suis loin d'être un connaisseur. Je n'ai jamais forniqué outre mesure. C'est trop fatigant. Peu importe. L'important, c'est que j'ai passé avec Rose (ainsi s'appelle-t-elle) une nuit agréable. Le lendemain, je me sentais, naturellement, un peu flasque. Mais elle m'a servi un bon petit déjeuner — omelette au jambon, marmelade, café, etc. — et j'étais en somme satisfait.

28 avril.

Voilà deux semaines que je n'ai pas touché à ce journal. J'écris ces lignes dans la salle d'attente de la gare de Saint-Joachin, laquelle se trouve à l'extrémité est de la ville, à une demi-heure de marche de ma chambre. Je dis: ma chambre par habitude car, en réalité, elle n'est plus vraiment à moi. Je continue de payer mon loyer comme avant et j'en suis par conséquent le locataire, mais depuis notre soirée au cinéma, Rose se croit le droit d'y pénétrer à toute heure du jour et de la nuit. La nuit, en somme, ça ne me fait pas grand-chose. Je rentre toujours éméché, tombant de sommeil. Que Rose soit dans mon lit ou non, c'est du pareil au même. Elle ne ronfle pas, ne gigote pas. Je m'endors presque tout de suite avec la chaleur de son corps près du mien. Ce n'est pas désagréable. Mais le jour — je devrais dire le dimanche: les autres jours je ne suis pas là — la situation devient intenable. Au point de me faire oublier mes emmerdements à la librairie.

Mais ne mêlons pas les deux domaines. Procédons par ordre. D'abord l'amour (si l'on peut dire). Ensuite, le capharnaüm.

Comme je l'ai indiqué, les petits ébats amoureux qui ont suivi la soirée de cinéma ne m'avaient pas déplu. Évidemment, je ne suis plus très jeune. Je n'ai plus l'allant d'autrefois — qui n'a d'ailleurs jamais été bien spectaculaire. Peu importe. J'étais en somme satisfait. Je tenais la preuve que j'étais encore (si l'on peut dire) viril. Ce n'est pas, je le sais bien, un talent exceptionnel, mais c'est quelque chose. Toutefois, je ne tenais pas à répéter l'expérience. Du moins, pas de longtemps. Aussi fus-je désagréablement surpris le dimanche suivant — tôt le matin: j'étais encore au lit — de voir entrer Rose dans ma chambre. Elle était, comme on dit, en simple appareil: un kimono vert à ramages, transparent, qu'elle quitta aussitôt pour se glisser entre les draps, près de moi. En un sens, c'était gentil. Je ne le nie pas. Je ne suis pas un sauvage. Seulement j'étais à peine éveillé; j'avais mon mal de tête de tous les matins, et je ne me sentais nul goût de batifoler. Mais comment expliquer cela à

Rose? Je ne l'avais pas revue depuis la soirée de cinéma. Je dois lui rendre cette justice qu'elle s'était tenue à l'écart. Elle attendait sans doute que je fasse les premiers pas, je veux dire les deuxièmes premiers. Sans doute, j'aurais dû descendre un soir, ne fût-ce que pour la peloter un peu. Ça lui aurait peut-être suffi. Mais comment savoir? Ces choses-là ne se demandent pas. J'ignore d'ailleurs pourquoi. Peu importe. Si on se mettait à chercher des explications à tout, on n'en sortirait jamais.

En tout cas, dimanche dernier, Rose est entrée dans ma chambre en kimono à ramages et, après l'avoir enlevé, elle s'est glissée entre les draps. Ensuite, j'ai dû m'exécuter. Au début, j'ai cru que je ne pourrais pas. La migraine me vrillait les tempes et je n'avais pas encore avalé mon sel *Safe-All*. De plus, j'ai découvert que Rose avait un bourrelet de graisse, une espèce de pneu dans la région de l'épigastre. J'avais beau me dire que ça n'avait pas d'importance, j'y pensais continuellement. Pourtant, je ne suis pas plus difficile qu'un autre. Je sais que je suis loin d'être parfait moi-même. Le faciès, n'en parlons pas, c'est trop évident. Il est long, flasque, avec deux rigoles en forme de parenthèses qui me relient les ailes du nez aux coins de la bouche. Ajoutez à cela des sourcils broussailleux qui se rejoignent comme une pointe d'accolade et des oreilles décollées. Il n'y a que les yeux qui soient acceptables. On m'a même souvent dit qu'ils étaient beaux. Peu importe. Ce n'est pas ça qui change quoi que ce soit à la situation. Je ne sais si Rose me trouve très laid. Elle ne m'en a pas parlé. Je ne le lui ai pas demandé. En tout cas, tel que je suis, je ne devrais pas chicaner sur un bourrelet de graisse. Mais c'était plus fort que moi. Il me fascinait. Pour faire diversion, je me suis mis à parler des films que nous avions vus ensemble. Malgré sa surprise, Rose a répondu d'un ton assez naturel. Elle ne manque pas de tact. Ensuite, de fil en aiguille, j'ai oublié le bourrelet et j'ai pu m'exécuter. Ce fut une heureuse surprise. Je ne suis pas trop rouillé.

Si Rose, après un temps raisonnable s'était retirée, je n'aurais pas eu à me plaindre. Mais au bout d'une couple d'heures elle était encore là, à ressasser sa vie passée dont je ne connaissais que trop les mornes péripéties à la suite de nos colloques antérieurs. J'ai alors parlé de petit déjeuner, affirmant que la faim me tiraillait l'estomac. Rose s'est excusée et m'a pratiquement forcé à descendre à la salle à manger. Je ne pouvais pas, naturellement, déguerpir en sortant de table. Et, tout en conversant, sans que j'y prisse garde, Rose avait commencé à brasser le dîner. Je n'ai pu me défiler. Bref, nous avons passé la journée ensemble. À la fin j'étais d'une humeur massacrante, que je mis sur le compte de la migraine. Rose, pleine de sollicitude, a offert d'appeler le médecin. Je me suis récusé en disant qu'une bonne nuit de sommeil me remettrait d'aplomb.

Elle est revenue deux fois au cours de la semaine, à une heure du matin, comme je rentrais de *Chez Trefflé*. Heureusement, en prévision d'une telle éventualité, j'avais avalé quelques verres supplémentaires et j'ai pu m'endormir tout de suite.

Je me suis quand même promis que ce dimanche-ci ne se passerait pas comme le précédent. J'ai réglé mon réveille-matin pour sept heures, je me suis levé et je suis sorti. Je comptais m'installer ici à la gare tout de suite après mon petit déjeuner. Mais la gare n'ouvre qu'à neuf heures trente le dimanche. Il ne passe d'ailleurs que deux trains: à 10 heures 10 et à 16 heures 30. Après m'être cassé le nez contre la porte de la gare, je me suis promené le long de la rivière. La berge est assez agréable. De part et d'autre du pont à travée centrale tournante s'étend une promenade cimentée, bordée de peupliers. Vers le milieu se dresse un kiosque à musique. S'il n'avait pas fait si froid, je me serais installé dans ce kiosque pour la journée. Mais il n'en était pas question par une température de 30-35 degrés F. J'ai donc erré le long de la rive jusque vers 9 heures 15 et à 9 heures 30 précises j'attendais à la porte de la gare. Le chef est arrivé peu après. Il m'a fait un léger salut, que je lui ai rendu, puis il m'a examiné de la tête aux pieds. Il m'a ensuite averti que le train serait en retard d'une bonne demi-heure.

— Vous avez compris? m'a-t-il demandé en voyant que je ne réagissais pas.

Je lui ai dit que j'avais très bien compris, puis je me suis installé sur la banquette près du radiateur qui siffle et crache dans le coin où j'écris ces lignes. Conformément au renseignement du chef de gare, le train s'est amené vers 10 heures 40. Il y avait quelques abrutis qui attendaient dans la salle, entre autres une famille de cinq personnes avec un mioche morveux qui chialait continuellement.

Enfin, ils sont partis et je suis resté seul dans mon coin, croyant que j'aurais la paix jusque vers 16 heures 30. Mais mon attitude et les feuilles de papier que je tenais sur mes genoux ont intrigué, inquiété peut-être le chef de gare, lequel est venu me demander quel train j'attendais. Je lui ai répondu que je n'en attendais aucun et que je me réjouissais même qu'il n'y en eût que deux par jour. L'air de plus en plus soupçonneux, il a voulu savoir si j'habitais Saint-Joachin. Mieux valait répondre: autrement il m'aurait empoisonné mon dimanche ou, qui sait, peut-être appelé la police. Je lui ai appris que j'habitais Saint-Joachin depuis six semaines, que je travaillais à la librairie Léon, 14e rue, que je logeais chez Mme Bouthiller, 8e rue, et que j'allais assez souvent faire un tour à la taverne *Chez Trefflé*. À la mention de *Chez Trefflé*, un sourire épanouit la figure porcine et moustachue du chef de gare:

— Ah! c'est vous! s'exclama-t-il, enchanté de sa découverte. C'est vous! J'ai entendu parler de vous par des amis...

Sa réplique me prouva que, en dépit de ma vie rangée, tranquille, je jouissais à Saint-Joachin d'une solide réputation. Le chef de gare me considérait d'un œil amusé, rigoleur, comme si j'eusse été un farceur de première force. Je vis que j'avais la partie gagnée. Toutefois, pour flatter son autorité, je lui dis que je n'avais nulle intention de violer les règlements du C.N.R. Seulement je lui expliquai que j'aimais l'atmosphère des gares — c'était sympathique, à la fois intime et impersonnel — que je l'enviais d'y passer sa vie et que j'aurais souhaité pouvoir écrire là quelques lettres à des amis chers et lointains. Le porcin prit un air protecteur et me mit la main sur l'épaule.

— Vous pouvez rester ici aussi longtemps que vous voulez, plastronna-t-il. La seule chose que je ne peux pas vous permettre, c'est de vous coucher sur les bancs. Ça c'est défendu. Les inspecteurs viennent pas souvent, c'est vrai. Mais s'ils vous attrapaient étendu sur un banc quand je suis là, ça irait mal pour moi, vous comprenez.

Je lui assurai que je n'avais nulle envie de m'étendre, attendu que j'avais passé une excellente nuit et que je pouvais toujours retourner chez moi si j'avais sommeil.

Le chef est retourné dans sa cage l'air satisfait. Je suis sûr que demain la moitié de la population joachinoise saura que j'ai passé la journée sur une banquette de la salle d'attente du C.N.R. Je m'en balance. N'empêche que si le porcin avait refusé de me laisser ici, j'aurais sans doute dû changer de garni, et je déteste les déplacements.

5 mai.

C'est dans ma chambre que j'écris de nouveau. Du moins pour aujourd'hui. Quand je suis rentré hier soir, ou plutôt ce matin, j'ai trouvé une note sur ma commode. Rose m'annonçait qu'elle serait absente aujourd'hui. Voyage à Farnham. Aurais-je l'amabilité de déposer mon loyer sur la table du salon? Rien de plus. Comme billet, c'était plutôt sec. Rose est froissée. Je m'en fous. Elle n'a pas essayé de me revoir depuis dimanche dernier. Elle a sans doute appris que j'avais passé ma journée à la gare. Ça l'a humiliée, naturellement. C'était lui indiquer clairement qu'elle m'embêtait. Il le fallait bien. Si j'avais pu «rompre» d'une façon plus délicate, je l'aurais fait. En somme, je ne lui en veux pas. Je la trouve ennuyeuse: ce n'est pas sa faute. Je n'aime pas forniquer souvent: ce n'est pas la mienne... Assez là-dessus. J'ai d'autres chats à fouetter. Car, alors que, côté Rose, les choses se sont à peu près tassées; côté librairie, en revanche, ça se corse.

○

Lundi après-midi, quand j'ai vu M. Chicoine, l'œil tragique, la chevelure en broussaille et le teint livide, passer en trombe devant moi sans me saluer et s'engouffrer dans son bureau, j'ai su qu'il se mijotait quelque chiennerie. Naturellement, je n'ai pas bougé de mon tabouret. Je suis sûr que l'impolitesse du patron (il n'avait salué personne) a autrement piqué les vieilles filles que moi. Elles qui ne se parlent presque jamais, je les entendais caqueter autour du comptoir-papeterie. Je les voyais même, grâce aux petits trous pratiqués près de la bordure supérieure de ma visière. Elles tournaient souvent les yeux vers moi. Il eût suffi que je lève la tête, j'en suis sûr, pour qu'elles m'assaillissent de questions. Elles s'y seraient peut-être décidées en dépit de mon apparente somnolence si M. Chicoine leur en avait laissé le temps. Mais deux minutes à peine s'étaient écoulées qu'il jaillit de son bureau aussi tempétueusement qu'il s'y était précipité. Il m'intima avec rudesse l'ordre de passer dans l'arrière-boutique et laissa retomber la porte sur lui. Quelques instants s'écoulèrent en un silence total. Je ne bougeai pas. Les vieilles filles, l'air ahuri, fixaient ma forme immobile accoudée au comptoir. Les gonds de la porte grincèrent de nouveau. D'une voix strangulée par la rage, M. Chicoine cria:

— Êtes-vous sourd? Vous ne comprenez pas quand on vous parle?

Je relevai alors la tête et crus un moment qu'il allait s'élancer sur moi. Instinctivement, je saisis la longue perche terminée par une fourche mobile dont je me sers pour extraire les livres des rayons supérieurs. Personne, je pense, ne vit mon geste, car cette perche se trouve derrière le comptoir, horizontalement retenue par des crochets. D'ailleurs je n'eus pas besoin de m'en servir. Et j'incline à penser que ma crainte fut sans fondement. En tout cas, je répondis à mon patron le plus lentement et le plus calmement possible que j'avais parfaitement saisi le sens de ses vociférations et que, si je n'y avais pas obtempéré, c'est que, bien que je fusse son subordonné, je ne lui reconnaissais pas le droit de m'insulter, surtout en présence de ces demoiselles.

Cette réponse produisit beaucoup d'effet sur M. Chicoine qui ouvrit plusieurs fois la bouche en se passant la main sur son front cireux et finit par hurler aux vieilles filles qu'elles pouvaient disposer. Elles mirent le plus de temps possible à endosser leurs manteaux puis, constatant que M. Chicoine suivait leurs gestes d'un œil sévère, elles disparurent.

Dès que la porte se fut refermée sur la dernière, le patron se tourna vers moi. D'une voix sourde, contenue, mais d'autant plus menaçante et qui faisait contraste avec les éclats de tantôt:

— Vous prétendez peut-être, siffla-t-il, que votre situation ici est assurée parce que vous avez réussi à surprendre le secret du capharnaüm? Eh bien, vous vous trompez! C'est moi qui suis le maître ici et j'ai l'intention de le rester.

Jugeant inutile de relever l'inexactitude grossière de sa déclaration, je me contentai d'affirmer que je ne prétendais rien du tout, sauf qu'on me traitât avec un respect conforme à ma liberté d'individu. Ça ne voulait pas dire grand-chose, j'en conviens, mais il m'avait tant rebattu les oreilles avec sa liberté que ma réplique lui en boucha un coin. Il ronchonna quelques remarques sur les types qui raisonnent trop, puis, après

*pièce où sont mit les livres secrets.
(interdit)*

avoir arpenté la pièce de long en large en se mordillant les lèvres, il se planta devant moi pour m'annoncer d'un ton tragique:

— M. le Curé m'a rendu visite à la maison aujourd'hui.

La nouvelle ne demandait pas de réponse. Je restai donc silencieux, attendant la suite.

— Vous avez compris ce que je viens de dire? brama M. Chicoine les dents serrées.

Je le rassurai sur ce point en déclarant que, sauf erreur, la compréhension de cette nouvelle ne réclamait pas un entendement au-dessus de la moyenne. Il m'a alors reluqué d'un drôle d'air. Il semblait hésiter entre la condescendance et la colère. Le curé lui avait peut-être affirmé que, comme intelligence, je n'en menais pas large.

— Savez-vous pourquoi il est venu? me demanda-t-il.

Je lui fis remarquer que, n'étant pas au courant de ses relations avec M. le Curé, je ne me sentais pas fondé à émettre une hypothèse sur la question. Sa réplique claqua comme un fouet. Il criait à tue-tête. C'était fort désagréable.

— Pourquoi ne m'avez-vous pas averti de sa visite ici vendredi, espèce de... de...

Je ne lui laissai pas le temps de me faire savoir à quelle espèce, selon lui, j'appartenais. Je lui repartis incontinent que, si je ne lui avais pas soufflé mot de cette visite, c'était que, sauf erreur, j'avais été capable de répondre aux questions de M. le Curé; que, de plus, j'estimais qu'un bon employé ne doit recourir à son patron que dans les domaines qui ne sont pas de son ressort. Si. M. le Curé, ajoutai-je, avait voulu faire venir des livres que nous n'avions pas en librairie, je me serais certainement adressé à lui, M. Chicoine, puisque les commandes de cette nature relevaient de sa compétence. Le patron me regarda encore une fois d'un air étrange. Puis, brusquement, il plaqua sur son pupitre, un exemplaire de *L'Essai sur les mœurs*.

— Avez-vous, demanda-t-il, vendu ce livre à un jeune collégien?

Je pris le volume, le retournai lentement dans mes mains, le feuilletai un peu, puis déclarai que, sans être en mesure d'affirmer que ce livre était celui que j'avais vendu à un jeune homme acnéeux à béret vert qui avait en effet l'allure d'un collégien, la chose était fort possible.

Là-dessus, M. Chicoine se fit péter la main contre son front fuyant.

— Ainsi, vous avez l'audace de l'avouer!

Je lui soulignai qu'il ne s'agissait pas précisément d'un aveu mais que, même si c'en eût été un, je ne voyais pas en quoi, le faisant, j'eusse manifesté de l'audace.

À en juger par sa mimique, cette réponse soumit, comme on dit, M. Chicoine à une rude épreuve. Pendant quelques instants, j'éprouvai la curieuse impression qu'il allait éclater, au sens propre, voler en morceaux comme une grenade. Mais, apparemment, il se maîtrisa et c'est d'une voix quasi plaintive qu'il me demanda:

métaphore

— Au nom du ciel, pouvez-vous m'expliquer quel... m'expliquer ce qui vous a poussé à vendre pareil livre à un jeune collégien? Vous voyez: je suis calme. J'essaye de comprendre. Pourquoi?

Sans répondre tout de suite à sa question, je lui rappelai que c'était lui, M. Chicoine, qui de son plein gré m'avait révélé l'existence du capharnaüm; que, par conséquent, j'avais supposé, peut-être à tort, que j'avais l'autorisation de vendre lesdits livres, en usant, naturellement, d'une certaine circonspection... *douter/évaluer*

— Mais à un collégien, sacrebleu! Et vous parlez de circonspection! Vous osez parler de circonspection!

Je lui fis remarquer que, lors de nos entretiens précédents, il n'avait pas été fait mention de classes sociales ni de professions. Je m'en souvenais fort bien. Par

97

conséquent, il n'avait pas été question d'étudiants ou de collégiens: seulement de «lecteurs sérieux». Selon moi, un lecteur sérieux, c'était celui qui lit consciencieusement les livres qu'il achète, moins pour passer le temps ou pour y découvrir des obscénités que pour y chercher des idées, des théories, des critiques, peut-être contraires à ses propres conceptions, mais susceptibles de le faire penser. Les collégiens me semblaient éminemment faire partie de cette catégorie. Le somnifère *Essai sur les mœurs* me paraissait sans doute mal choisi pour jouer ce rôle. Mais c'était là une opinion personnelle. Le collégien m'avait demandé ce livre. Je le lui avais vendu. C'était à lui de décider. J'ajoutai que, sans la réputation monstrueusement surfaite dont jouissait Arouet, réputation due en grande partie à la violence avec laquelle ses adversaires le dénigrent et le prohibent, il ne serait peut-être jamais venu à l'esprit du collégien de le lire ou, s'il l'avait fait et s'il était intelligent, il eût constaté à quel point la plupart des idées dudit Arouet sont superficielles, démodées, à l'exception de ses plaidoyers pour la tolérance...

Je m'arrêtai, surpris d'en avoir tant dit. Ma harangue sentait son professeur d'une lieue. M. Chicoine, lui, suait à grosses gouttes.

— J'espère que vous n'avez pas exposé ces ... théories à M. le Curé? demanda-t-il plaintivement.

Je le rassurai: entre M. le Curé et moi, il n'avait pas été question de théories. Le patron poussa un soupir de soulagement.

— Alors que s'est-il passé au juste?

Je lui relatai au meilleur de mon souvenir la scène du vendredi précédent.

— Vous n'oubliez rien?

Je lui dis que non.

M. Chicoine arpenta de nouveau la pièce pendant quelque temps, puis, sortant sa bouteille de scotch, il m'en offrit un verre que j'acceptai sans commentaires. Nous bûmes en silence. Ensuite, le patron demanda:

— Savez-vous que M. le Curé vous prend pour un... un anormal?

Il m'observait du coin de l'œil. Je m'enquis si le substantif anormal dans le présent contexte était une litote, s'il fallait lui donner l'acception d'imbécile ou même d'idiot. Le patron étendit emphatiquement les bras:

— N'exagérons rien, dit-il. J'ai dit: anormal.

Je le remerciai de cette précision, puis déclarai que chacun avait droit à son opinion mais que M. le Curé ne jouissait pas d'une compétence spéciale en ce domaine.

M. Chicoine abonda dans mon sens et affirma que la question était d'ailleurs sans importance. Je ne partageais pas tout à fait son avis mais je jugeai inutile de l'interrompre. Ce qui, d'après lui, était «crucial» pour le moment, c'était que le curé ne pût prouver que *L'Essai sur les mœurs* provînt de la librairie Léon.

— Je dois avouer d'ailleurs que vous l'avez tout à fait dérouté. Présentement, au collège Saint-Roch, on est quasi convaincu que le jeune collégien s'est procuré le volume d'une autre façon qu'il ne veut pas révéler au supérieur. Ces farceurs d'étudiants, comme vous savez, ont leur petit code d'honneur particulier. Donc, si M. le Curé revient, faites l'innocent.

Je me permis de faire remarquer à M. Chicoine que je ne trouvais pas son expression heureuse. Si, par innocent, il voulait dire imbécile, je la récusais. Que si, d'autre part, il l'employait comme antonyme de coupable, je ne l'estimais pas non plus appropriée, attendu que je ne me sentais en rien fautif.

Il me mit la main sur l'épaule pour m'affirmer que c'était aussi son avis. La preuve, c'est qu'il allait me garder à son service, «quelles que fussent les pressions qu'on exerçât sur lui». S'attendait-il à des remerciements? Dans ce cas, il fut déçu. Je me rendais compte que si, pour l'instant, M. Chicoine me «gardait», ce n'était pas par philanthropie ni par estime, et que quelques formules de politesse ne changeraient rien à l'affaire.

Je pris donc congé par un simple «au revoir».

○

Mon entrée *Chez Trefflé*, trois quarts d'heure plus tard, fit (si l'on peut dire) sensation. D'habitude, les clients s'occupent à peine de moi: un coup d'œil pour vérifier mon identité, rien de plus. Seul le père Manseau porte deux doigts à sa casquette pour me saluer. Mais, ce soir-là, tous les regards se fixèrent sur moi. On chuchotait, on se poussait du coude, on rigolait. Ces manigances m'étaient égales.

Je gagnai ma table dans le coin près de la bouche d'air chaud. Jos vint déposer mes deux verres devant moi comme d'habitude et, comme d'habitude, je lui tendis vingt-cinq cents. Il les empocha en me remerciant. Mais, au lieu de s'éloigner tout de suite, il se mit à essuyer une table parfaitement sèche et à déplacer des chaises à petits gestes absents. Finalement, il amorça le sujet qui le préoccupait:

— Paraît que vous faites de bonnes affaires à la librairie Léon de ce temps-ci!

Je ne pus réprimer une moue ennuyée. On m'avait jusqu'à présent fiché la paix à la taverne. Allait-on commencer à m'empoisonner de questions? Je fis savoir au garçon que, à ma connaissance, M. Chicoine ne s'était pas plaint de son chiffre d'affaires.

Jos passait toujours sa serviette sur l'émail immaculé du guéridon. Il me lança un clin d'œil complice pour ajouter:

— Les livres que vous vendez, paraît qu'y en a qui sont pas piqués des vers?

Cette question m'éclaira tout à fait: la ville entière était au courant de mes démêlés avec le curé. Je répondis sèchement à Jos que j'ignorais l'acception exacte qu'il prêtait à l'expression «piqué des vers», mais que nous vendions des livres de plusieurs genres différents.

Ma réponse lui parut d'un haut comique. Il éclata d'un rire sonore pendant que tous les regards convergeaient sur ma table.

— Des livres différents! Vous l'avez dit! C'est en plein ça!

Il cessa de rigoler pour s'approcher de moi et me glisser à l'oreille:

— Justement, j'en parlais à une couple de clients ici, des amis, vous comprenez. Y aurait-il moyen de leur passer une couple de vos livres?... Ils sont parés à payer le prix, ça, y est pas question. C'est des gars qui sont capables de cracher cinq dollars s'il le faut, même dix...

Je lui soulignai que, si ces messieurs voulaient se rendre à la librairie et me donner le titre des livres qu'ils désirent, j'étais à leur service — pourvu naturellement, que nous eussions ses volumes en stock.

— Y est pas question de ça, fit Jos. Vous savez ce que je veux dire: què'que chose sur les mœurs, vous savez. Puis, pas besoin d'avoir peur; avec moi, vous savez, pas un mot: ni vu ni connu. Eux autres pareils: ils sont pas nés d'hier, on peut s'y fier. Vous apportez ça ici en catimini, on vous paye: ni vu ni connu, voyez-vous.

Ainsi, même le titre du volume que j'avais vendu à l'étudiant courait les rues. Le mot *mœurs* avait suffi à lancer les bons Joachinois dans de petits rêves érotiques. Ça devenait sérieux. Cette histoire de bouquins menaçait d'augmenter ma clientèle et, *ergo*, le nombre de mes voyages au capharnaüm. Il fallait tuer cette menace dans l'œuf.

Je fis savoir à Jos que je ne travaillais pas à la Librairie Léon en qualité de saute-ruisseau; que si ses amis voulaient des volumes «d'un genre spécial», ils feraient bien de s'adresser à un établissement plus considérable que le nôtre; enfin que je me refusais ici à la taverne à toute espèce de négociation.

— Ouais!

Jos hochait la tête, désappointé, mais il semblait se faire une haute idée de ma circonspection. Espérons que je l'ai rebuté à jamais. Je le vis circuler d'une table à l'autre pour transmettre ma réponse.

Ensuite je me suis mis à boire comme d'habitude. Personne ne m'a adressé la parole jusque vers minuit et demi. Alors le père Manseau, resté jusque-là impassible et étranger au débat, s'est mis sur pied, péniblement, parce qu'il souffre de l'arthrite, et s'est approché de ma table. Sa figure bronzée, inexpressive, touchait presque mon oreille.

— Je suis au courant de votre histoire, dit-il. Moué, c'est pas de mes affaires. Mais vous êtes nouveau icitte. Moué, ça fait soixante-deux ans que je promène ma carcasse. Eh ben, c'est pas bon pour la santé icitte de contrer les curés. Les ficelles, c'est eux autres qui les ont, vous comprenez...

Il hésita quelques secondes puis ajouta en guise d'excuse:

— Je dis ça, moué, au fond, personnellement, ça me fait ni chaud ni froid. Le jour, je travaille à la manufacture; le soir, je bois ma bière. Au fond, c'est pas ça qui me dérange. Mais c'est pour vous dire, vous comprenez...

Je m'étais levé moi aussi et je m'aperçus que je serrais la main au père Manseau. Je ne sais s'il se rendit compte de mon émotion. Peu probable. Il n'en laissa, en tout cas, rien voir. Sans doute, sa mise en garde ne m'apprenait-elle rien de nouveau. Je savais à quoi m'en tenir. Mais c'était l'intention qui me touchait, le sentiment de fraternité, de solidarité peut-être que le père Manseau avait voulu exprimer — la fraternité d'un simple voisin de table tenu à l'écart par ses concitoyens bien-pensants à cause de son alcoolisme... Il me tira d'embarras en portant deux doigts à la visière de sa casquette de cuir:

— À la revoyure, m'sieur Jodoin, pis bonne chance, là.

Et il s'éloigna, oscillant, écarquillé, de sa démarche raide de pantin, sans presque plier les genoux.

Mon émotion tomba vite; heureusement, car je n'aime pas être ému. D'ailleurs, ayant bu tout mon soûl, j'étais protégé des cinglures du monde extérieur. Je me laissais doucement flotter, considérant plus ou moins mon aventure comme une comédie. Pourtant, je restais lucide. Je comprenais mieux que jamais la colère exaspérée de M. Chicoine. Si mon histoire avec le curé et le collégien courait les rues, la librairie ne risquait-elle pas de perdre sa clientèle religieuse, c'est-à-dire au moins quarante pour cent de son chiffre d'affaires? De nombreux laïcs, naturellement, suivraient... Cette pensée me fit sourire. Léon Chicoine serait dans de beaux draps. Il l'était déjà. Ça lui apprendrait à me charger d'un travail supplémentaire avec son satané capharnaüm et à me traiter ensuite comme un valet... Je me rendais bien compte que, par contre-coup, l'affaire allait m'attirer à moi aussi des désagréments. Mais on n'a rien sans peine.

L'horloge marquait seulement une heure moins le quart. Mais comme j'étais déjà debout (à cause du père Manseau), je décidai de rentrer. Ça me dégourdirait les jambes en même temps que les idées.

Mercredi, 8 mai.

Pour la première fois depuis mon arrivée à Saint-Joachin, je noircis du papier un jour de semaine. C'est que, comme on dit, depuis dimanche les événements se sont précipités. D'abord, je me suis raccommodé avec Rose. Ainsi ai-je pu savoir qu'elle sortait ce soir: une quelconque partie de loto à la salle paroissiale. Elle espérait peut-être que je l'y accompagnerais. Mais la complaisance a des limites. D'ailleurs il ne faut jamais se montrer trop empressé après une réconciliation. Je dis: réconciliation faute d'un autre terme. Car nous n'étions pas, à vrai dire, brouillés. Il y avait un froid, sans plus.

C'est pourquoi elle a attendu plusieurs jours avant de me relancer. Encore lui fallut-il une «raison» urgente. Mais arrivons-en aux faits. Le surlendemain de l'avertissement du père Manseau, comme je rentrais dans ma chambre à l'heure habituelle, c'est-à-dire une heure dix du matin, je fus assez surpris d'y voir Rose, assise dans mon fauteuil, qui m'attendait. J'étais éméché, j'en conviens, mais pas assez pour m'imaginer qu'elle était là parce qu'elle ne pouvait plus se passer de mes charmes. Je fus d'ailleurs vite fixé quand elle m'annonça d'une voix tragique:

— J'ai appris ce qui se passe, monsieur Jodoin. Et quand j'ai su ça, qu'on voulait vous faire de la misère, j'ai décidé de vous attendre.

Je me demandai jusqu'à quel point elle était au courant; si même elle n'en savait pas plus long que moi; si une tuile quelconque allait me tomber sur la tête. Toutefois, comme j'avais sommeil et qu'il me tardait de prendre mon sel *Safe-All* à cause d'un certain picotement dans la vessie, je me sentais peu enclin à demander des précisions. Je me bornai donc à déclarer à Rose que son attention me touchait, mais que personne à ma connaissance ne cherchait à me «faire de la misère». Malheureusement, cette réponse parut redoubler sa sollicitude. Après m'avoir assuré que son unique but était de m'aider, elle exprima la crainte que je ne me rendisse pas pleinement compte de la situation. Il fallait avoir, comme elle, vécu longtemps à Saint-Joachin pour comprendre la méchanceté de certaines gens et la causticité fielleuse des commérages.

— Je sais ce que c'est, allez! ajouta-t-elle, désappointée de mon flegme. Quand j'ai dû me séparer de mon mari parce que c'était vraiment intenable — un saligaud de la sorte! — ne pensez pas que ça a toujours été rose. Si vous aviez entendu les papotages!... Tellement que, croyez-le ou non, j'avais presque peur de me montrer dans la rue... On me dévisageait avec un air!... Je n'en savais plus où me mettre...

Je hochai la tête en songeant qu'il faudrait plus que des regards malveillants pour me faire changer de routine.

— Mais vous ne savez donc pas ce qui se passe? me demanda-t-elle avec violence. Personne ne vous a rien dit?

Je lui répondis que, tous les jours, plusieurs personnes prononçaient en ma présence un certain nombre de paroles, mais que, si elle voulait bien préciser ce à quoi elle faisait allusion, je serais en mesure de lui donner une réponse plus pertinente. Elle ne se fit pas prier.

— Vous ne savez donc pas qu'il y a ici, à Saint-Joachin, une clique qui s'est donné comme mot d'ordre de vous faire perdre votre job, de vous chasser de la ville? La même clique, précisément, qui aurait bien voulu se débarrasser de moi quand j'ai dû, par la force des circonstances, me séparer de mon mari...

Je lui avouai que je n'étais pas au courant de cette prétendue conspiration, mais que, s'il fallait accorder créance à toutes les rumeurs qui circulent dans une petite ville, on en perdrait le boire et le manger.

Mme Bouthiller se recueillit un moment à la recherche d'un argument décisif. Puis elle écarta les bras en signe d'impuissance et dit d'une voix lasse:

— Vous ne vous rendez pas compte de la gravité de la situation. Si vous aviez passé par ce que j'ai passé, vous ne prendriez pas les choses aussi à la légère...

Cette discussion m'ennuyait d'autant plus que je commençais maintenant à me réveiller — ce qui augurait une nuit d'insomnie. Mais comment le lui dire? Je décidai de prendre mon mal en patience et déclarai à Rose que, naturellement, je ne savais pas où «elle avait passé» mais que, comme elle était plus jeune que moi, on pouvait raisonnablement supposer que j'avais traversé moi-même autant d'épreuves qu'elle.

Cette réplique n'eut pas l'heur de lui plaire. Elle affirma avec fougue que je devais, dès maintenant, songer à me défendre contre les mauvaises langues acharnées à ma perte. Léon Chicoine ne demandait pas mieux que de se servir de moi comme bouc émissaire. C'était un hypocrite, un pharisien qui cachait ses menées immorales derrière une façade de respectabilité. Mais il ne fallait pas se laisser manger la laine sur le dos. Il fallait que j'aille au presbytère pour expliquer à M. le Curé «sur le long et sur le large» la vraie situation.

Rose ne semblait pas savoir au juste quelle était la «vraie situation», mais son attitude indiquait qu'elle désirait ardemment se renseigner. Aussi, quand je lui répondis qu'il n'entrait pas dans mes habitudes de fréquenter les presbytères, surtout dans le but futile de me disculper d'une faute imaginaire, elle parut extrêmement déçue. Il n'était pas question, argua-t-elle, que je fusse coupable. L'important, c'était de me défendre de ces accusations. Est-ce que je voulais passer pour un débaucheur de collégiens?

— Je sais bien que ce sont des racontars, ajouta-t-elle d'un ton où perçait quand même une nuance de doute, mais tous les gens ne sont pas comme moi, allez! Il y en a qui s'imaginent que parce qu'un homme lève le coude de temps en temps il est capable de tout; que prendre un coup et débaucher les jeunes, c'est du pareil au même, vous comprenez...

Je comprenais surtout que la moutarde commençait à me monter au nez. Ce qui me choquait particulièrement, c'est que Mlle Bouthiller semblât quand même un tantinet encline à accorder foi à ces racontars. Pour me disculper de cette stupide accusation, je soulignai que si j'avais voulu «débaucher les collégiens» selon son heureuse expression, je n'eusse pas vraiment établi mes quartiers généraux *Chez Trefflé*. Certains jeunes gens s'y rendaient bien à l'occasion, mais la clientèle «régulière» se composait d'hommes mûrs ou de vieillards. D'ailleurs, à l'exception des deux garçons de table, je n'avais jamais *Chez Trefflé* adressé la parole qu'au père Manseau — lequel on ne pouvait sans mauvaise foi qualifier de jeune ni de collégien.

Sentant que je mettais en doute sa confiance, Rose s'indigna. Décidément je ne voulais pas comprendre! Ce n'était pas *Chez Trefflé* que l'on m'accusait de mener ma campagne d'immoralité, mais à la librairie de Léon Chicoine. En prononçant le nom de mon patron, Rose s'agita davantage. Elle avait de toute évidence une vieille dent contre lui. C'était, m'avertit-elle, une vipère qui manigançait ses cochonneries en cachette, faisait d'astucieuses avances aux femmes (mais jamais devant témoins), qui était membre de plusieurs associations pieuses ou civiques, très influent par conséquent, au point que M. le Curé lui-même, qui pourtant ne l'aimait pas, hésitait à l'attaquer de front. Mais quand il s'agissait d'une pauvre femme comme elle, Rose, contrainte à une séparation de corps par un mari «au-dessous de tout», alors les mauvaises langues allaient leur train. On ne se sentait pas obligé de recourir à des ménagements. C'est pourquoi, de guerre lasse, Mlle Bouthiller avait dû finalement aller voir le curé. Ça n'avait pas tout arrangé, bien sûr, mais c'était maintenant plus supportable. Elle ne manquait jamais depuis lors les exercices religieux. C'était là un gage de tranquillité relative, etc., etc.

Bien que confuse, sa tirade, je dois l'avouer ne manquait pas d'intérêt. Elle jetait un jour nouveau sur la personnalité de Léon Chicoine. Quant à essayer de démêler le bien-fondé de ces allégations, je n'y songeai même pas.

Interprétant mon silence comme une hésitation, Rose réitéra ses instances: il *fallait* que j'aille voir M. le Curé. C'était à son dire la seule solution. Elle en avait fait elle-même l'expérience.

Là-dessus, je laissai de nouveau percer mon agacement. Son cas et le mien, fis-je, étaient tout à fait différents. D'abord, je le tenais de source sûre, M. le Curé me prenait pour un faible d'esprit. Deuxièmement, les services religieux m'ennuyaient et je n'en voyais pas la nécessité. Troisièmement, les commérages des Joachinois ne pouvaient m'interdire l'accès de la taverne *Chez Trefflé* et me laissaient de ce fait indifférent, etc.

La discussion s'étira une bonne heure, Rose et moi ressassant tour à tour les mêmes arguments sans nous convaincre. Le tout se termina, comme il se doit, au lit. Rose voulait rester près de moi «durant les heures pénibles que je traversais». Je ne m'y objectai pas, mais au réveil je me sentais littéralement démoli.

○

Le même jour, vers neuf heures, alors qui je venais à peine de m'installer sur mon tabouret dans l'espoir de faire un somme, un jeune type vint me porter un pli cacheté de la part du sieur Chicoine. Comme j'avais l'air assez surpris, il m'expliqua d'une voix forte que M. Chicoine était en voyage d'affaires à Saint-Jules. N'ayant pu me rejoindre avant son départ, il me transmettait ses instructions par écrit. Un coup d'œil circulaire m'assura que mes compagnes de travail suivaient ce discours avec un intérêt extrême. Elles sentaient, comme on dit, de la poudre dans l'air. J'ouvris l'enveloppe et lus:

«Venez me trouver au plus tôt à 114, chemin Saint-Lin (c'est dans la banlieue de Saint-Joachin) sans dire un mot au personnel. Prenez un taxi. C'est urgent.

Léon CHICOINE.»

P. S. — *Je vous rembourserai le prix de la course.*

Je glissai le billet dans ma poche et assurai au type que je suivrais à la lettre les directives du patron. Quelques minutes plus tard, j'annonçai posément aux vieilles filles que, sur l'ordre de M. Chicoine, je devais m'absenter pour quelque temps. Mlle Galarneau me demanda aigrement qui devait s'occuper du rayon des livres durant mon absence. Je lui répondis que je n'en savais rien, attendu que M. Chicoine ne m'avait pas laissé de directives à ce sujet. Elle rétorqua qu'il ne fallait pas compter sur elle. Elle savait trop bien, précisa-t-elle, à quoi on s'exposait quelquefois en vendant des livres. Il fallait être un étranger sans expérience comme moi pour accepter un poste si dangereux. Je fus tenté de lui rappeler que, si la mémoire ne me trahissait point, son propre frère, le facteur rural, avait pourtant convoité cet emploi hasardeux avant mon arrivée. Mais à quoi bon se faire détester plus qu'il ne faut? Je me contentai de hocher la tête; puis j'endossai mon paletot et je sortis.

Une fois dehors, je m'aperçus qu'il faisait beau. Je fus surpris de m'en rendre compte. D'habitude je ne porte nulle attention à la température, à moins qu'elle ne soit extrême et ne m'incommode. Et, même alors, c'est une pure sensation. Ça ne pénètre pas ma conscience. Peu importe. Le soleil, ce matin-là, prenait la rue en enfilade et incendiait les façades. C'est peut-être cette réverbération éblouissante qui me fit sortir de ma coquille, qui me permit de constater que le ciel était d'un bleu intense, lisse comme de la soie, avec de petits nuages rondelets comme des bouffées de pipe. La sensation était si nouvelle, si puissante, que je m'arrêtai un moment pour admirer. Ceux que ça touche régulièrement ont de la chance. Du moins, je le suppose. Mais la laideur doit les faire souffrir aussi. Si bien que le tout s'équilibre peut-être. Peu importe.

Je reportai mes regards sur les devantures qui, de chaque côté de la rue, filaient vers leur point de fuite. Là, c'était moins beau. Sans réverbération, il ne restait plus que des rangées de vitrines assez minables, maladroitement rafistolées à la moderne dans des édifices de brique noircie. Mais je me demande pourquoi je note ces détails. Est-ce qu'il me répugne de poursuivre mon récit? La suite, il est vrai, manque d'attrait. Peu importe. Il faut y passer.

Je me rendis à une station de taxis dans la grand-rue et donnai l'adresse. C'était assez loin. Je compris pourquoi M. Chicoine m'avait recommandé de prendre une voiture. Au bout de quelques minutes, nous filions en pleine campagne. J'avais peine à croire que nous n'avions pas franchi les limites de la municipalité. Un bon arpent séparait les maisons les unes des autres. Le chauffeur ne devait pas souvent pousser si loin. Il me demanda à trois reprises si j'étais sûr de l'adresse. En face de la ferme — car c'en était une — il me reposa la question. Je lui répondis avec assurance que c'était bien là. Il m'offrit quand même d'attendre qu'on m'eût ouvert la porte. Je lui dis que ce n'était pas la peine. Et je restai planté près de la voiture jusqu'à ce qu'il se décidât à démarrer.

Je fis ensuite le tour de la maison pour aller frapper à la porte de derrière. À la campagne, c'est la coutume, je le savais. Ce fut M. Chicoine lui-même qui vint ouvrir. J'ai déjà noté, je pense, qu'il a le teint naturellement cireux. Mais ce matin-là, il exagérait: verdâtre ou cadavérique le décriraient mieux. Ces rides profondes, creusées par la fatigue, lui ravinaient le front et les méplats. Une barbe pisseuse lui végétait sur le menton tandis que des fibrilles rouges lui zébraient le blanc des yeux. Il n'avait pas dû dormir de la nuit. Je m'en réjouis. D'un geste fébrile, il me serra la main comme à un vieil ami que l'on retrouve après des années. Puis, sans me présenter à un vieux couple qui se berçait près de la fenêtre du fond, (c'était une maison de campagne, je l'ai dit, avec un rez-de-chaussée tout d'un tenant), il me poussa à l'étage dans une chambre où brûlait une chaufferette à pétrole. Ce n'est qu'une fois assis devant moi sur une chaise à fond de cuir qu'il me dit d'une voix tragique:

— Martin Guérard nous a trahis!

Je lâchai une exclamation de complaisance tout en me creusant la cervelle dans l'espoir de me rappeler qui était ce type. S'agissait-il de l'étudiant à qui j'avais vendu *L'Essai sur les mœurs*. Ça semblait possible, mais le mot «trahison» me laissait perplexe. Le plus expéditif, je le sais bien, eût été de demander des précisions à M. Chicoine. Mais il avait prononcé sa phrase d'un ton si pathétique, dans le but si évident de me plonger avec lui dans son noir abattement que je n'osai pas le priver de son illusion.

— Qu'est-ce que vous suggérez? s'enquit-il après une pause.

Je hochai la tête avec un haussement de sourcils et déclarai à tout hasard que le dit Martin Guérard ne jouissait peut-être pas d'un crédit à rendre ses allégations inattaquables.

— C'est ce que je me suis dit au début! s'exclama M. Chicoine. Mais la précision des détails qu'il a donnés enlève tout espoir de ce côté.

Conscient du ton amer dont mon patron parlait de Guérard, j'affirmai avec feu que ce type-là était une crapule. M. Chicoine m'interrompit d'un geste.

—Il ne faut pas exagérer, Monsieur Jodoin!

Je lui répétai d'un ton plus convaincu que Guérard était une crapule. Ça n'engageait à rien et j'espérais toujours que les répliques de M. Chicoine m'éclaireraient sur l'objet de mes invectives.

— Je ne suis pas de votre avis, monsieur Jodoin, pontifia mon interlocuteur. D'abord, un client qui fait un achat dans une librairie n'est en rien tenu de cacher l'origine de son acquisition. Il ne s'agit pas ici de commerce clandestin, illégal. Sans doute m'objecterez-vous que, dans le cas présent, Guérard savait fort bien que l'ébruitement de la transaction allait nous placer dans de mauvais draps. J'en conviens. D'autre part, n'oubliez pas que, jusqu'à ce que les pères le menacent d'expulsion, le jeune Guérard a, paraît-il, soutenu dur comme fer qu'il avait trouvé le bouquin dans la cour du collège...

Je poussai un soupir de soulagement. Il s'agissait donc bien de mon collégien. Comme M. Chicoine me dévisageait l'air interrogateur, je lui concédai que, en effet, sans peut-être innocenter tout à fait Martin Guérard, c'étaient là des circonstances atténuantes.

— N'est-ce pas! s'exclama M. Chicoine qui avait dû retourner le problème des centaines de fois dans son cerveau. N'est-ce pas? On peut difficilement qualifier de crapuleux un adolescent qui a résisté pendant plusieurs jours aux pressions des autorités de son collège... Évidemment, si on avait cru son histoire de livre trouvé dans la cour, histoire assez naïve, ça l'aurait arrangé lui aussi. Mais malheureusement pour nous, ce Guérard est un «liseur dangereux, doublé d'un anticlérical en herbe» — ce sont les paroles mêmes dont le Père supérieur se serait servi... Alors, avec une réputation semblable, les bons pères vous l'ont naturellement cuisiné à fond... avec le résultat que vous savez.

À ces mots, mon interlocuteur sentit toute l'amertume de la situation et poussa un soupir interminable.

— C'est M. le Curé lui-même qui m'a téléphoné la nouvelle hier soir...

M. Chicoine me scrutait de ses yeux fibrillés de rouge. Comme j'attendais la suite sans broncher, il reprit:

— C'était me mettre le couteau sous la gorge. Il me fallait au plus coupant trouver une échappatoire pour vous *consulter* (il appuya sur ce mot), pour trouver une solution...

Il fit une pause pour s'éclaircir la voix à plusieurs reprises comme s'il avait eu un chat dans la gorge, puis enchaîna:

— Après avoir manifesté au bout du fil une surprise incrédule, j'informai M. Galarneau que je devais demain — c'est-à-dire aujourd'hui — me rendre à Saint-Jules pour affaires, mais que dès mon retour, j'aviserais. Ce matin, à cinq heures, j'ai donc sauté dans mon auto (elle est maintenant cachée dans la remise) et je suis venu ici... Voilà! conclut-il en élevant ses bras maigres à la hauteur des épaules. Maintenant, vous savez tout. J'ai mis mes cartes sur la table.

Je saisissais mal quelle acception il avait donnée à l'expression «cartes sur la table», laquelle renferme une idée d'opposition, voire de rivalité. Je pris donc le parti de louer M. Chicoine de sa présence d'esprit lors de l'appel du curé, ainsi que de l'astuce dont il avait fait montre en nous ménageant cette entrevue dans une ferme isolée. À ces flatteries, le front de M. Chicoine se défripa un peu et il reprit d'une voix insinuante:

— Vous vous rendez compte, j'en suis sûr, mon ami — car vous êtes mon ami, n'est-ce pas? Je ne peux plus vous considérer comme un simple employé après les épreuves que nous avons traversées ensemble. N'est-ce pas? insista-t-il.

Je m'étonnai qu'un adulte plutôt intelligent pût poser une question aussi saugrenue. Toutefois, je le rassurai en affirmant que, naturellement, mon amitié lui était acquise.

— Parfait, mon ami, parfait! s'exclamat-il. Je vous réitère donc ma question en toute amitié: vous vous rendez compte, n'est-ce pas, dans quelle situation catastrophique je me trouve placé?... Je n'accuse ni ne blâme personne, remarquez-le bien; je vous pose simplement une question.

Je lui représentai que mon peu d'expérience commerciale et mes lumières restreintes sur la mentalité joachinoise ne me permettaient pas de porter un jugement sur le caractère catastrophique ou non de la présente conjoncture. Je supposais, cependant, ajoutai-je, que la clientèle religieuse de la librairie accuserait peut-être un léger fléchissement.

À ces mots, M. Chicoine se flanqua sur le front une claque retentissante dont je soupçonnai tout de suite qu'elle ne constituait pas un témoignage d'admiration pour ma perspicacité.

— Un «léger fléchissement»! hurla-t-il en agitant véhémentement les bras. Vous avez bien dit «léger fléchissement»?

Il était hors de lui et lançait vers moi des regards assassins. Est-ce que je m'imaginais vraiment, vociférait-il, que là se limiteraient les dégâts? C'était manifester un inqualifiable aveuglement dont on se demandait s'il provenait de la bêtise ou de la mauvaise foi. Comment, après une seule journée à Saint-Joachin, était-il

123

possible de se leurrer à ce point sur la mentalité de ses habitants?

Je me rendais compte que M. Chicoine n'était plus, comme on dit, en possession de tous ses moyens. Sa frénésie bégayante m'empêcha malheureusement de saisir toutes les nuances de sa tirade, laquelle ne manquait pas d'intérêt. Je compris néanmoins que, depuis vingt ans, une animosité sourde couvait entre le curé de Saint-Joachin et les pères du collège Saint-Roch. Vers 1930, en effet, ledit collège avait fait ériger une nouvelle chapelle capable de contenir au moins quatre fois le nombre de ses élèves. Flairant le danger, le curé s'était plusieurs fois rendu sur le chantier pour exprimer aux pères son étonnement des dimensions «colossales» du futur édifice. On avait vaguement invoqué les vertus de prévoyance nécessaires à une institution située à proximité d'une paroisse comme Saint-Joachin en plein développement et guidée par une main ferme et compétente. M. Galarneau avait regagné son presbytère, rasséréné. Mais, six mois plus tard, une fois la chapelle terminée et dûment consacrée par Monseigneur, plusieurs Joachinois avaient pris l'habitude d'y aller remplir leurs devoirs religieux. Les collectes dominicales de Saint-Joachin avaient, de ce fait, accusé une diminution humiliante et douloureuse. M. le curé y était allé de plusieurs sermons contre «certains mouvements soi-disant religieux», mais dont le but véritable était de miner, semblait-il, de vénérables organisations paroissiales, vieilles de près de trois siècles. Ses objurgations étaient restées sans résultat. D'autant plus que le personnel du Collège venait comme par hasard de s'enrichir d'un prédicateur de première force, dont les sermons facétieux — d'une orthodoxie d'ailleurs impeccable — avaient le don de dilater la rate des bons Joachinois qui se pressaient à la chapelle. À la mort du père Rivard (tel était son nom), on avait trouvé, toujours comme par hasard, un autre prédicateur éloquent et spirituel pour le remplacer et continuer la tradition. M. le Curé avait beau fulminer du haut de sa chaire, les éclats de rire soulevés par les sermons de la chapelle couvraient sa voix...

M. Chicoine interrompit son exposé pour se tamponner le front d'un mouchoir douteux. Les événements, pourtant amusants, qu'il venait de me rapporter n'avaient pas l'heur de le dérider. Quant à moi, j'avais allumé un de mes âcres cigarillos italiens (que je n'aime guère mais qui ont l'avantage appréciable de faire tousser mes interlocuteurs) et j'attendais la suite. Après

avoir poussé un soupir, M. Chicoine reprit
d'une voix caverneuse:

— Si je n'avais affaire qu'à M. le Curé
ou aux pères seuls, j'aurais des chances de
m'en tirer. Moyennant protestations
d'ignorance et promesses de surveiller de
plus près la vente de mes livres, ça finirait
par se tasser...

Mais il se trouvait au contraire placé à la
lettre, entre deux feux. Les canons, de part
et d'autre, étaient braqués en permanence
dans une certaine direction, et lui, Léon
Chicoine, occupait le *no man's land*. Les
pères ne manqueraient pas d'exploiter à
fond leur avantage. La librairie se trouvait
dans Saint-Joachin, à deux pas du presbytère; par conséquent, sous la surveillance
morale de M. le Curé — et il s'y débitait des
livres condamnables! On pouvait prévoir
que des insinuations spirituelles et corrosives
jailliraient de la chaire de la chapelle Saint-
Roch dimanche prochain. Le bon père
Dugas devait déjà aiguiser ses flèches... Dans
une pareille impasse, que pouvait faire M. le
Curé, sinon sévir? Et sévir contre qui? —
Contre Léon Chicoine, propriétaire de la
librairie du même nom...

À ces mots, mon patron frappa du poing
sa maigre poitrine qui rendit un son creux. Il
paraissait au seuil des larmes:

126

— Je suis un homme fini, monsieur Jodoin! clama-t-il ostentatoirement. Vous savez ce que ça veut dire: un homme fini, quand on a une femme et six jeunes enfants à faire vivre?

De son air pitoyable, il quêtait une réponse.

Je lui avouai que, n'étant pas marié et n'ayant pas à ma connaissance de progéniture, je ne pouvais sans doute pas me rendre pleinement compte de la situation. Toutefois, pour ce qui était de la notion d'homme fini, je ne me croyais pas tout à fait dépourvu de lumières à ce sujet: je me considérais moi-même comme plutôt fini, en ce sens que je n'espérais plus atteindre à une quelconque réussite intellectuelle, sociale, pécuniaire ou simplement matrimoniale...

M. Chicoine ne me laissa pas continuer. Il me pressa paternellement la main entre les siennes (elles étaient froides, gluantes) et s'exclama:

— Vous pouvez donc sympathiser avec moi! Je ne doutais pas de votre bon cœur!

J'eus beau lui souligner qu'il ne s'agissait pas tellement de cœur que d'une certaine compréhension de la vie, née d'expériences plutôt désagréables, M. Chicoine ne voulut rien entendre. Il m'affirma avec des tremblements dans la voix que la sagesse de mes paroles lui prouvait que, loin d'être finie, ma vie me réservait encore d'heureux moments, des réussites inespérées. Je le remerciai de ses bonnes paroles et lui déclarai que nul ne serait plus heureux que moi si ses prédictions s'avéraient justes.

M. Chicoine me réitéra son «absolue confiance dans mon avenir», mais crut opportun de souligner que Saint-Joachin ne constituait peut-être pas le champ d'action idéal pour un homme tel que moi: éclairé, brillant, d'une vaste culture humanitaire, champion de la liberté individuelle, etc., etc. Je trouvai naturellement qu'il en remettait et me dégoisait les plus visqueuses cafardises qu'il m'eût été donné d'entendre. Je l'admirai comme il se doit, mais n'en compris pas moins que je venais de recevoir mon congé. Toutefois les circonlocutions mêmes qu'avait filées le patron m'assuraient que j'avais, comme on dit, des atouts dans mon jeu. On ne consomme pas pareille quantité de salive pour le plaisir de la chose.

Je résolus donc de vendre chèrement ma peau. J'assurai à M. Chicoine que, sans l'ombre d'un doute, son amitié pour moi l'aveuglait; que depuis au moins vingt ans je ne me sentais plus, comme on dit, appelé à une haute destinée et que mes déplacements à la surface du globe me paraissaient tout à fait dépourvus de signification. J'avais acquis à Saint-Joachin de petites habitudes auxquelles en un sens je tenais, attendu qu'il est toujours plus fatigant d'en changer que de les maintenir.

— Vous n'avez pas tout à fait saisi ma pensée, m'expliqua M. Chicoine d'un ton très doux. Même si vous restez à Saint-Joachin — et il vous est naturellement loisible de le faire — vous devrez changer jusqu'à un certain point vos habitudes... fatalement n'est-ce pas, quand on change d'emploi. Car je vais être obligé naturellement, sinon de fermer mes portes — ce qui est d'ailleurs possible — du moins de réduire considérablement mon personnel, d'éliminer peut-être mon rayon de livres... si toutefois je peux éviter la faillite à brève échéance...

Il frotta son menton barbu tout en m'observant d'un œil scrutateur.

— Il y aurait peut-être un moyen d'éviter le désastre, poursuivit-il. Je vous le mentionne à tout hasard... Il en vaut un autre. S'il réussissait, nous aurions richement dépisté certains ... personnages dont les idées, si je ne me trompe, vous répugnent? N'est-ce pas?

Je répondis que, s'il voulait bien se donner la peine de préciser ses allusions, je me ferais un plaisir de le renseigner. Là-dessus, la figure de M. Chicoine se détendit:

— Parfait! Je savais bien que nous finirions par nous entendre... Je veux parler de ceux qui... cherchent à mettre entrave à la liberté individuelle, à la liberté de penser... Vous saisissez?

Je fis signe que oui.

— Et vous êtes contre ces entraves?

Je lui déclarai que j'étais pour la liberté.

— Alors vous ne trouvez peut-être pas que les circonstances qui nous forcent à mener ici un entretien secret pour une action qui n'est en rien contraire à la loi du pays soient... normales?

Je reconnus que, en effet, elles n'étaient pas normales; qu'elles étaient au contraire tout à fait inadmissibles et que c'était seulement parce que nous avions vécu, lui et moi, dans une atmosphère de contrainte depuis notre enfance que nous ne trouvions pas lesdites circonstances aussi révoltantes qu'elles le méritaient. Toutefois, ajoutai-je, je ne voyais aucune nécessité de nous terrer ainsi au fond d'une maison de campagne plutôt que de discuter la question librement au grand jour, *Chez Trefflé*, par exemple, ou à la librairie.

Là-dessus, M. Chicoine, fort animé, répondit que cet entretien n'était qu'un repliement tactique. Bientôt nous opérerions une sortie qui mystifierait l'adversaire. N'était-ce pas aussi mon avis?

Je refusai de m'engager avant de connaître la nature de la sortie en question, mais je me sentais disposé à accueillir le projet avec sympathie.

M. Chicoine s'approcha alors de moi — Je m'aperçus à son haleine qu'il avait bu — et, d'une voix excitée qui butait sur les syllabes il se mit à m'exposer son plan. Tout d'abord, je crus que j'avais mal compris. Ses vantardises précédentes, ses expressions pugnaces avaient évoqué à mon esprit une expédition audacieuse, spectaculaire. Au lieu de cela, que me proposait-il? — Une vulgaire petite combine, comme honteuse de soi, qui avait tous les caractères d'une effraction. Je me rendis compte alors que, malgré toutes ses pompeuses déclarations, Léon Chicoine n'était qu'un pauvre type foirant de peur qui songeait à protéger à tout prix son petit commerce.

Malgré mon dégoût, je plaidai longtemps avec lui, j'invoquai tous les arguments susceptibles de modifier son projet. Rien n'y fit. Je me trouvais acculé à un dilemme: ou bien j'exécutais le plan et en tirais un petit bénéfice; ou bien, par principe, je refusais, je laissais la tâche à un autre et n'en récoltais rien. Seule une menace de délation auprès de M. le Curé ou des pères aurait pu ébranler Chicoine. Mais c'eût été me ravaler encore plus bas que lui.

Au bout d'une heure de dispute orageuse, je lui dis donc que je ferais le nécessaire, moyennant un cachet de $500, les autres dépenses étant naturellement à ses frais. Avec une grimace de martyr qu'on empale, il me remit la moitié de la somme en me promettant de me faire parvenir le reste «sur les lieux».

Comme je me levais pour le quitter, il me tendit une main que j'ignorai et je sortis sans un mot.

Montréal, le 10 mai.

Tout est fini — Enfin je le suppose; et je me demande pourquoi je couche ces derniers détails dans mon journal. Vieille déformation professorale sans doute. Il est vrai que je me sens encore un peu dépaysé. Quand on écrit, ça passe le temps, quelquefois. Peu importe.

En quittant Chicoine avant-hier (avant-hier! Il me semble que ça fait une éternité que j'ai fiché le camp de Saint-Joachin), j'ai gagné tout de suite ma chambre pour faire ma valise, un gladstone écorné, en cuir noirâtre, pommelé d'anciennes taches d'humidité. Je ne voulais pas revoir Rose, lui annoncer mon départ. Je ne sais si mes adieux eussent provoqué une scène. De toute façon, il valait mieux ne pas m'y exposer. J'ai donc plié bagage. Ça n'a pas traîné. Je n'aurai plus besoin, pour un certain temps du moins, de soigner, comme on dit, mon apparence. J'ai donc fourré tous mes vêtements pêle-mêle dans la valise et je me suis mis debout dessus pour la boucler au moyen d'une vieille ceinture.

Comme il ne me restait rien à faire avant la nuit, je me suis rendu *Chez Trefflé* où mon entrée à cette heure insolite fit de nouveau sensation, surtout à cause de la valise. Pour obvier à des questions indiscrètes, j'ai tout de suite déclaré à Fred, le garçon, que je partais le soir même en voyage d'affaires pour le compte de M. Chicoine. Pour appuyer la vraisemblance de mon histoire, j'ai demandé à Fred s'il connaissait l'horaire des autobus. Il fallait que je sois à Montréal, expliquai-je, le lendemain matin pour l'heure de l'ouverture des librairies. Le garçon se donna la peine de téléphoner au terminus. Le dernier autobus partait à un heure et demie du matin pour atteindre Montréal à cinq heures. Je dis que c'était un peu tôt mais que ça ferait l'affaire. J'inscrivis le renseignement dans un calepin, ce qui parut rassurer Fred sur la véracité de mes dires. Une heure et demie, d'ailleurs, ça me convenait parfaitement. J'avais rendez-vous pour deux heures. Je pourrais quitter la taverne à mon heure habituelle, plus ou moins, marcher un peu pour me dégriser et me rendre là-bas à l'heure voulue.

Seulement, comme je commençais ma séance *Chez Trefflé* sept heures plus tôt que d'habitude, je dus ralentir le rythme de mes ingurgitations. Je m'en tirai, je dois le dire, à mon honneur. À une heure du matin, je n'étais ni plus, ni moins éméché que d'habitude. Ma seule dérogation à ma conduite habituelle fut de m'envoyer un café avant de partir. Le père Manseau était encore à son poste quand je me levai. Je ne sais pourquoi, je m'arrêtai devant lui, la main tendue. Il se mit alors sur pied et garda ma main quelques secondes entre ses doigts calleux de machiniste. Je suis sûr qu'il a compris que je ne reviendrais pas, car il a articulé de sa voix râpeuse:

— Salut ben, monsieur Jodoin, pis bonne chance, là, bonne chance.

Je me sentis ému, vraiment. C'est le seul Joachinois pour lequel j'éprouvais de la sympathie. Calme, stoïque, taciturne, il me paraissait autrement sage que les gens qui s'agitent. Je regrettai alors de n'avoir pas lié plus intimement connaissance avec lui, mon voisin de table depuis près de trois mois. Il était trop tard. Je le saluai à mon tour et partis.

Est-ce seulement une fois dehors, quand le vent se mit à me fouetter la figure et me rendit plus lucide, que mon plan germa dans mon cerveau? Ou bien l'avais-je tout tranquillement mijoté dans la taverne sans y porter beaucoup d'attention? — Je l'ignore. Ça n'a d'ailleurs pas d'importance. Il est assez difficile de se rappeler ses actes sans tâcher en plus d'en déterrer les origines psychologiques. Ce que je sais pour sûr, c'est que, en atteignant la librairie (par la porte de derrière), ma résolution était prise. Le camionneur, un gros joufflu à face de prognathe, en casquette et vareuse de cuir, m'attendait déjà près de son Ford. Il paraissait un peu inquiet.

— C'est vous, les livres? me demanda-t-il en m'apercevant.

Je lui répondis que, en effet, les livres, c'était moi. Il émit un grognement approbateur et fit un pas vers la boutique. Je lui dis que nous ne pouvions pas commencer avant deux heures précises parce que j'attendais un pli de M. Chicoine. J'aurais pu le mettre au travail incontinent. Avec ou sans message (en fait c'étaient les deux cent cinquante dollars que j'attendais), ma résolution était irrévocable. Le commissionnaire, toutefois, fut ponctuel.

J'attendis son départ pour ouvrir la librairie et poser sur le plancher le fanal électrique que le camionneur avait apporté. Il s'était également muni de quantité de boîtes de carton. Je déverrouillai le capharnaüm. Pendant que le prognathe commençait à emballer les livres, je vérifiai le contenu de l'enveloppe. Le compte y était. Je m'installai sur la chaise à bascule de Chicoine, derrière le bureau, les coudes appuyés au sous-main, et roupillai un bon moment. Ce fut le camionneur qui me réveilla:

— C'est-y tout, ça?

J'étirai mes membres engourdis et allai faire l'inspection du capharnaüm. Les rayons étaient vides. Je dis au camionneur que ça allait. Je glissai le cadenas dans ma poche, verrouillai la porte de l'arrière-boutique et montai dans le camion. C'était un Ford deux tonnes en assez bon état, recouvert d'une bâche de toile écrue. Nous démarrâmes tout tranquillement. Le prognathe était un bon conducteur. Je le laissai rouler quelques minutes avant de lui demander d'un ton neutre s'il savait où nous allions.

— Ben sûr, fit-il, on va à Sainte-Cécile.

— Sainte-Cécile! m'exclamai-je. M. Chicoine vous a dit Sainte-Cécile? Quand lui avez-vous parlé la dernière fois?

Le camionneur n'avait pas parlé à M. Chicoine personnellement. C'était le propriétaire du camion, un certain Jules Matteau, qui avait arrêté les détails de notre entreprise avec le patron. Nous nous dirigions vers sa ferme.

— C'est donc ça! m'exclamai-je avec un signe de tête entendu. Tout s'explique. M. Chicoine n'a pas eu le temps de prévenir M. Matteau ou bien M. Matteau n'a pu vous rejoindre vous-même... C'est à Montréal que nous allons.

— À Montréal?

Le ronflement du moteur baissa d'un ton. Le prognathe se gratta le crâne sous sa casquette de cuir fatiguée et me jeta un regard soupçonneux. Il roula quelques instants le problème dans sa tête et finit par déclarer:

— Montréal, c'est comme qui dirait plus loin que Sainte-Cécile, ça.

Je corroborai son affirmation. Mais il jugea nécessaire de pousser son raisonnement jusqu'à ses conséquences ultimes:

— Quand c'est plus loin, ça prend plus d'essence, pis ça prend plus de temps.

Je donnai de nouveau dans son sens. Il nous fallait donc, ajoutai-je, calculer combien d'essence et de temps supplémentaires exigeait un voyage à Montréal, comparé à un voyage à Sainte-Cécile.

De nouveau, les doigts boudinés du camionneur gratouillèrent son crâne étroit. Il n'avait sur le trajet que des notions fort vagues. Il était allé une fois à Montréal voilà quelques années avec un copain, mais sans guère porter attention à l'itinéraire. Selon lui, ça devait s'élever à deux cents milles. Mais c'était peut-être cent de plus. Bref, il ne voulait pas se compromettre. Mais pour coûter plus cher, ça coûterait plus cher.

Après un assez long marchandage, il fut décidé que, si nous atteignions notre destination avant huit heures, ça coûterait $75; sinon, ce serait $10 pour chaque heure supplémentaire. Une fois assuré que je lui remettrais la somme dès notre arrivée, le prognathe ne desserra les lèvres que pour s'enquérir de temps en temps de la route à suivre.

À la Librairie Sénésac, à Montréal, tout s'est bien passé. Je connaissais le propriétaire pour l'avoir rencontré une couple de fois au *Cercle des amis du livre*, du temps que je frayais encore dans ce milieu. Sur le coup, il ne m'a pas reconnu. Je devais avoir l'air plutôt moche. Je l'ai toujours, c'est entendu, mais ce matin-là plus que d'habitude. Il ne faut pas oublier que j'avais passé la nuit blanche, dans une taverne d'abord, à biberonner; puis dans une camionnette aux ressorts implacables qui ne nous épargnaient aucun cahot de la route. Naturellement, je n'étais pas rasé et j'ai la barbe drue, très noire, en dépit de ma chevelure grisonnante. Bref, je dus m'identifier, citer les noms de quelques connaissances communes avant que Sénésac consentît à parler d'affaires.

Pour attiser son intérêt, je ne manquai pas d'insister sur le caractère urgent de ce voyage, attendu que certains jansénistes joachinois se préparaient à perpétrer incessamment une espèce de raid à la Librairie Léon et à la boycotter ensuite sans merci si on découvrait le moindre bouquin suspect. L'urgence, lui précisai-je toutefois, concernait uniquement l'évacuation des bouquins, nullement la nécessité d'en disposer illico. On pouvait toujours, le cas échéant, les mettre en entrepôt. Sénésac consentit alors «pour me rendre service» à «jeter un coup d'œil» à ma cargaison. Après avoir fouillé ici et là dans les boîtes, le libraire, l'air plutôt dédaigneux, s'enquit du prix. Je lui représentai que les livres valaient au bas mot deux mille dollars, mais que, vu les circonstances, mon patron, homme raisonnable et réaliste, se contenterait de mille cinq cents. Nous conclûmes le marché pour sept-cent quatre-vingts. C'était en somme un prix raisonnable. Je payai le prognathe qui empocha la somme et partit sans mot dire.

Je me sentis alors soulagé d'un grand poids. En fricotant ma petite transaction, j'avais fait d'une pierre deux coups: mystifié les bonzes de Saint-Joachin et roulé ce foireux de Chicoine. Sans compter que j'avais en poche mille deux cent dix dollars, une petite fortune qui me permettrait de vivre sans souci peut-être une année complète.

Naturellement, je me propose de me rendre de nouveau au bureau de placement afin de retirer l'allocation d'assurance-chômage à laquelle j'ai maintenant droit. Le seul danger, c'est qu'on me trouve du travail. Mais, il y a toujours moyen de se faire refuser en jouant les butors ou les idiots. Les idiots de préférence. Ça ne met pas la puce à l'oreille des fonctionnaires. Et les employeurs éventuels restent vagues dans ces cas-là sur les motifs de leur refus. Ils ne poussent pas l'altruisme jusqu'à embaucher un «sous-doué»» (on possède maintenant des vocables suaves pour désigner le crétinisme), mais ils se refusent à lui enlever des chances de se caser ailleurs.

Bref, de ce côté, nulle inquiétude. Côté Chicoine non plus en somme. Il doit écumer de rage, c'est entendu. Je l'espère bien: un type qui invoque de grands principes de liberté dont il se fout comme de l'an quarante, uniquement dans le but d'arrondir son magot! Oui, il doit bramer. Mais il a les mains liées. S'il tentait de me poursuivre en justice, je serais en mesure d'exercer contre lui des représailles «catastrophiques», selon son expression. D'ailleurs je suis tranquille. Il ne lèvera pas le petit doigt. Il fera passer son capharnaüm aux profits et pertes, tout en m'accusant à qui voudra l'entendre d'être le seul responsable de la vente de *L'Essai sur les mœurs*. Peu importe.

Quant à moi, il va falloir que je me crée de nouvelles habitudes. On pense trop quand on ne suit pas une petite routine bien tracée d'avance, et c'est désagréable. Dans une couple de semaines, je suis sûr que tout va marcher sans anicroche. Je me suis trouvé une chambre convenable. C'est un commencement. Je dis: convenable; je veux dire qu'elle ne me coûte que dix-huit dollars par mois. Le reste n'a guère d'importance. Je me suis de plus acheté un vieux fauteuil chez un regrattier de la rue Craig. On doit le livrer bientôt. Il va peut-être falloir aussi que je change de matelas. Celui que j'ai contient certaines bosses qui exagèrent. Il est possible aussi que je m'y habitue. En tout cas, je serai bientôt fixé. Une semaine, deux semaines peut-être...

En un sens, je regrette que ce journal soit terminé. Je pourrais, naturellement, en commencer un autre. Mais à quoi bon? Montréal n'est pas Saint-Joachin. Il y a moyen de s'y distraire d'une autre façon, même le dimanche.

• Critique des institutions sociales.

▷ famille / mariage,
- relation non catholique avec Mme Boutiller
P 72-74 - lupanar (maisons closes).

▷ Travail / Autorité.
P. 95-96 - la façon dont il répond à son patron qui lui
fait une crise à cause du livre qu'il a vendu à
un religieux.
- À la fin du roman il arnaque son patron.
500$ en vendant les livres.

▷ L'église / la religion
P.65-70 - le curé
P.52 - l'église de St-Joachin

Ce livre a été imprimé
sur du papier enviro 100 % recyclé.

Empreinte écologique réduite de :
Arbres : 13
Déchets solides : 389 kg
Eau : 36 803 L
Émissions atmosphériques : 854 kg

Ensemble, tournons la page sur le gaspillage.